ねぇ
もういっそ
つき合っちゃう？
幼馴染の美少女に頼まれて、カモフラ彼氏はじめました
「んー。特に何もないんだけど、
話したいなーって」
「急にどうした」
偽装カップルとして、誰かに見せるためじゃない。
これは、ただの――恋人あるある。

「シェフ渾身の一皿、
豚肉とお野菜とお豆腐のチャンプルーです」

「毎日食べれるな、これ」
おかずをご飯と一緒に掻きこむ。おいしい。本当に白ご飯が合う。

「……その、いつもみたいに、ぎゅってしていいか？」
思わずにやけてしまいそうになる。言い方可愛すぎるんだけど。許可なんていらないのに。
「うん」
わたしが短く返事をすると、すぐに後ろから抱き締めてくる。お腹に手を回し、背中をすっぽり覆うように。ぎゅっと、強く、じっと長く。

ねぇ、もういっそつき合っちゃう？5

幼馴染の美少女に頼まれて、カモフラ彼氏はじめました

叶田キズ

HJ文庫
1126

口絵・本文イラスト　塩かずのこ

contents

ne,mouisso tsukiattyau?
osananajimi no bisyoujo ni
tanomarete,kamohurakareshi
hajimemashita

〈1〉 これはただの、恋人あるある

「ねぇ、わたしたち、離《はな》ればなれになっちゃうの――？」

おい、と思いながら、俺《おれ》は辺りを見回す。
十色《といろ》の奴《やつ》、声が大きい。放課後だが部活が始まる前の時間で、教室にはまだクラスメイトたちの姿がある。

変な冗談《じょうだん》を聞かれて、大変な誤解をされていなければいいが……。

そのセリフを発した張本人である十色は、にししと悪戯《いたずら》っぽい笑《え》みを浮《う》かべながら俺の前に立っている。すでに帰り支度《じたく》を済ませたらしく、ブレザー姿にキャメルのマフラーを巻いている。

「んな、大袈裟《おおげさ》な……」

そう返しながら、俺は再び手元の紙に目を落とす。
進路希望調査票。

それを眺《なが》めていた俺を見ての、先程《さきほど》の十色の劇的な冗談だったわけだ。

「だいたい、別々になると決まったわけじゃないだろ。文系理系、どっちにするんだ？」

俺は続けて十色に訊《たず》ねる。

進路希望調査と言っても具体的な進学希望を書くものではなく、一年生の俺たちに配られたのは、ただ文系か理系かのコースを選択《せんたく》するだけのものだった。二年生になると文系か理系かによって学ぶ科目が分かれ、それがクラス分けに影響《えいきょう》してくるのだ。

「あー、まだ決めてないよー。急だよねー。こないだまで学祭でみんな浮かれてたとこなのに、いきなり現実って感じ」

言って、やははと苦い笑みを浮かべる十色。

先週、二日間にかけて学祭が行われたばかり。土日を挟《はさ》んで月曜日、同時に一二月に入った今日だが、教室にはまだどこか余韻《よいん》が抜《ぬ》けきらない雰囲気《ふんいき》が漂《ただよ》っていた。

毎日こつこつ放課後残って準備をする期間は、なんだか浮足立《うきあしだ》つ非日常感があったし、学祭当日は校内全体が沸《わ》き立つような高揚感《こうようかん》で溢《あふ》れていた。後夜祭ではきっと、校内のさまざまな場所でそれぞれの青春が動いていたのだと思う。

そのあとパッと通常通りの学校生活に切り替《か》えるのは、正直至難の業だった。多分みんなも同じなのだろう。

そんな中、さらに生徒たちを現実に引き戻《もど》すように配られたのが、今回の進路希望調査票である。

「文系、理系……。特にこだわりないな」

どちらかに得意科目があったり、苦手意識があるわけでもない。また、特に将来、文系か理系で左右されるような夢があるわけでもない。

強《し》いていえば、理系はレベルアップした数学や物理など難しい科目が多く、勉強に多く時間を割《さ》かなければならない印象があって、避《さ》けたくはあったが——、彼女《かのじょ》に選択肢《せんたくし》を残す意味で、そこまでは口にしなかった。

「わたしも、将来やりたいこととか決まってないしなー」

十色がそう、斜《なな》め上に視線を向けながら言う。

そんな彼女の丸い頬《ほお》を眺めながら、俺は口を動かした。

「……じゃあまぁ、離ればなれにはならないんじゃないか？」

にんまりと、口角が上がる様子が見て取れた。

「あはは、そだね！　また一緒《いっしょ》のクラスになりたいね」

「ああ」

将来についてはまだぼんやりだけど。

十色と一緒なら、これからも学校生活がわくわくするものになる気がする。

調査票の提出期限は二学期の終業式までだ。一旦《いったん》それは白紙のまま机の中にしまい、俺は十色と一緒に帰るため立ち上がった。

*

「今日は、中曽根《なかそね》たちはよかったのか？」

十色は放課後、中曽根やまゆ子、船見《ふなみ》と喋《しゃべ》ってから帰ることが多い。俺とはいつも昇降《しょうこう》口《ぐち》を出たところで待ち合わせをしていた。

今日も同じ流れだろうと、自席でゆっくり帰る準備をしつつ進路希望調査票を見ていたところ、十色に声をかけられたのだ。

「うん！　うららちゃんは最近学祭の準備ばっかしで部活あんま出れてなかったから、今日は早めに行くって。まゆちゃんも、今日夕方のバイトに欠員が出てるらしくって、ヘルプに行かないとってダッシュで出ていった。楓《かえで》ちゃんは、部活前の春日部《かすかべ》くんに会いに行ったよ」

「あー、みんな忙《いそが》しいんだな」

そんな他愛《たあい》ない会話をしながら、俺たちは校門を出る。

「そうなんですよー。みんな大忙《おおいそが》し。師走《しわす》って感じですなー」

「どれも一二月特有の用事ではなかった気が……」

と、のんびり話していたところ、

「……ねね、結構見られてたね」

不意に、十色がそんなことを口にした。

「ん？」

「ほら、二人で廊下《ろうか》歩いてるとき」

「あー」

確かに、見られていた。視線でぷすぷす突《つ》かれる感覚を、俺も感じていた。

学祭でのカップルグランプリ。その決勝のステージで、俺は堂々と十色とつき合っていると宣言をした。

そのあとだからだろう。校内で二人でいると、ちらちら見られたり、ひそひそ噂《うわさ》をされたりすることが続いている。

注目されているのだ。そして、それは俺が望んだ結果でもある。大人数の前で、本物のカップルとして認められる。校内で公認《こうにん》のカップルになる。——見ず知らずの男子が、噂だけに釣《つ》られて十色のもとに寄ってこないようにする。

その目標が、達成できていた。

「ラブラブだって思われたかな？」

ぴょこぴょこと弾《はず》むような足取りで、隣《となり》を歩く十色。

「ああ、多分な」

俺がそう返すと、十色が俺の顔を覗《のぞ》きこむように見てきた。口許《くちもと》にかかるマフラーを、人差し指でちょいと下げ、

「正市《まさいち》は、嬉《うれ》しかった？　わたしとラブラブだって思われて」

「……まぁ、どちらかと言えば」

その口許が「へへぇ」と綺麗《きれい》に緩《ゆる》むのが見て取れた。

「というか、恥《は》ずかしさの方が勝ってたかも」

「あはは、それは確かにあったかも。……でも、今はもう誰《だれ》も見てないよ」

多くの者が部活に勤《いそ》しむこの時間、帰り道は比較的《ひかくてき》人が少ない。十色の言う通り、周囲に人の姿はなかった。

夕焼け色に染まる住宅街。セイタカアワダチソウだったか、道の脇《わき》に生える背の高い枯れた雑草が、吹《ふ》き抜ける風に大きく揺《ゆ》れている。

ブレザーの袖《そで》から少し出た十色の指が、俺の手の甲《こう》にちょんと触《ふ》れた。俺はその手を取り、指を絡《から》める。

いつの間にか、こうして手を繋《つな》いで歩くことが当たり前になっていた。声を掛《か》け合うこともなく。始めは誰かに見せるためにやっていたが、今は誰もいないところで。

偽《いつわ》りで始まった行動が、いつしか本物になっていた。

「正市、手あったかいねぇ」

「あー、十色はいつも冷たいよな」

「あははは、末端《まったん》冷《ひ》え性《しょう》なんだよ。あっためて？」

「ん」

俺がぎゅっと十色の手を握《にぎ》ってやると、「やー、カイロ買わなくていいねぇ」と十色が笑う。

なんというか、俺たちの間に流れる空気感も、本物の恋人同然になってきている気がした。本物の彼女がいたことがないので、はっきりとは言いきれないが……。でも、明らかに以前とは違《ちが》う。

ただその関係が、学祭の日から正式に発展しているわけではなかった。

実は、俺は悩《なや》んでいた。

『──すまん、ほんとはもっと、ちゃんと伝えたい。だから、少しだけ、時間をくれないか？』

あの後夜祭のとき、雰囲気に流され、幼馴染《おさななじみ》という立場を利用して告白し、つき合い始めるのはなんだかダメな気がしたのだ。春日部の、これまでの努力が報《むく》われる瞬間《しゅんかん》を目《ま》の当《あ》たりにしたばかりだったので、余計に、だ。

自分もしっかりと何かを成《な》し遂《と》げ、手順を踏《ふ》み、正面から告白したい。

幼馴染という関係は大切だが、そこに甘《あま》えず、一人と男として十色と向き合うため──。

そう考え、あのセリフを吐《は》いたのだが……。

かといって、どういうふうに行動すればよいか、俺はまだ正解がわからないでいた。

十色の方からは何も言ってこない。急《せ》かされることも、探《さぐ》りを入れられるようなこともない。ただ、待っていてくれている。

正直、感謝と申しわけなさが入り混じる感情だった。

その日、十色は俺の部屋で遊び、晩飯の時間に自分の家に帰っていった。俺も母親が作ってくれたご飯を食べ、風呂《ふろ》に入る。ゲームの電源を入れ、髪《かみ》をかわかしながらプレイを始めた。

＊

それは深夜零時《れい》、俺がゲームをやめ、ベッドに寝転《ねころ》がりながらスマホをいじっていたときだった。

突然《とつぜん》ブーブーというバイブ音を鳴らしながら、手の中でスマホの画面が切り替わった。このスマホに電話なんて滅多《めった》にこないので、驚《おどろ》いてしまう。しかも相手は、つい数時間前まで一緒にいた十色だった。

「急にどうした」

通話ボタンをタップし、スピーカーモードに切り替える。

『んー。特に何もないんだけど、話したいなーって』

「今日も放課後いっぱい話しただろ……。それか、なんか用なら今から玄関《げんかん》出ようか？　会って話す方がいいだろ」

『やや、違うちがう。…………情報によるとね、カップルってこんな感じで、夜、だらだら電話するものらしいんだよ』

ほほう。

十色はまた、カップルっぽいことを調べて実行しようとしているらしい。

「恋人ムーブか？」

『や、恋人ムーブは偽装《ぎそう》カップルで他の人たちを欺《あざむ》くためにやってたことだからねぇ。今はもういらないでしょ？』

「ふむ」

『だからこれは、ただの――恋人あるある、かな』

「恋人あるある、か」

どうやら十色は、単純に恋人っぽいことをしてみたくなっただけのようだった。

それは、仮初《かりそめ》の恋人として、か。一歩進んだ関係として、か――。

「まだ、正式なカップルではないだろ？」

一応、俺はそう間に挟んでおく。

『だとしても、わたしたちはカップルだし問題ないでしょ？　仮初の』

言って、十色はふふっと笑った。

まぁそりゃあ、電話で話すくらい問題ない。むしろ、予定外のところで十色の声を聞け、

嬉しくもある。スマホのスピーカーを通して聞く彼女の声はなんだか新鮮《しんせん》だ。そんなことを考えていると、

『ねね、正市。スマホ、胸にあててみて』

十色がさらに、妙《みょう》な提案をしてくる。

「胸？」

『左胸。ぎゅっとあてて』

言われた通り、俺はスマホを胸に押《お》し当ててみる。

「……どうしたんだ？」

『……心音、聞こえるかなーと思って』

「心臓の音？」

『そう。こうやって、恋人の心音を聞いてると落ち着くって』

「な、なるほど」

本物の恋人同士、なんというかすごい……。いろいろなこと考えるな。

俺はしばらく言われた通り、スマホを胸に固定していた。だが、

『んー、聞こえるかよくわかんないや。聞こえるような、聞こえないような』

そこまでうまくはいかなかったらしい。

「あー、まぁ聴診器《ちょうしんき》じゃないしな」

『正市も聞いてみる？』

十色のそんな言葉のあと、受話口の向こうが静かになる。

同じように、スマホを胸にあててくれているのだろうか。

「…………」

十色に密着し、身体の中の音を聞こうとしている。そんな気分で、妙にドキドキする。

ただ、息を止めて耳を澄《す》ますも……十色の言う通り何も聞こえないな。

『もっかい、わたし聞く番！』

そう言われ、俺はもう一度スマホを胸へ。なんだか少し名残惜《なごりお》しい。

『…………。静かにしてたら、吐息《といき》も聞こえて、正市が近くに感じられる。すごい』

「…………」

『今日もちゃんと生きてるなって、わかる』

「生存確認《かくにん》⁉　それは通話するだけでわかるのでは……」

『あと、不整脈とか出てないかなーって』

「健康診断《しんだん》だった⁉」

俺のツッコミに、十色が「あはは」と声を上げて笑う。それから改まったように、

『まぁ、とりあえず。正市、今日も生きてくれててありがと』

「お、おお、大袈裟だな」

『毎日、おかげさまで幸せです』

自分も、最近毎日が楽しい。それは間違《まちが》いなく、十色のおかげだ。

学校へ行って彼女の顔を見るのも。休み時間に偶然《ぐうぜん》目が合って、軽くアイコンタクトを取る時間も。放課後になり、やっと目いっぱい喋ることができるようになる瞬間も。常にわくわくが溢れていて、日々が充実《じゅうじつ》している。

幼馴染を続けていただけでは、こんな感覚は味わえなかったかもしれない。

これはきっと、あの春の日、仮初の恋人同士になったからこそなんだろう——。

☆

正市　通話　終了《しゅうりょう》　46分
電話を終えてスマホを見ると、画面にはそんな文字が表示されていた。わたしはふぅと息をつく。
突然の電話でも、こんなにいっぱい喋ってくれる。うん。やっぱし正市は優《やさ》しい——。

わたしはぼふっと仰向《あおむ》けでベッドに倒《たお》れた。左手をおでこにあてながら、ぎゅっと一度目を瞑《つぶ》る。

学祭が終わってから、数日が経過した。

あの後夜祭は、まさに夢のようで、しかし未《いま》だに鮮明《せんめい》に思い出せる——思い出してしまう。そしてあの日の答えは、まだ聞かされていない。

いつかな、まだかな、とわくわくする。

わたしも、正市との関係についていろいろと悩んでいた時期があった。正市も同じように考えてくれているのだとしたら、それはなんというか、とてもとても嬉しい。

ただ、じっと待っているだけだと、ちょっぴり不安になっちゃったりして。

多分、きっと、おそらく、それは杞憂《きゆう》で終わるんだけど……。

正市は優しい。約束は守る人だ。大丈夫《だいじょうぶ》。

そう自分に言い聞かせながら、わたしは待っている。

いつなの？　なるべく早く……なんて思っちゃったりもするんだけど……。

ダメだダメだ。別のことを考えよう。もしつき合うことになったら、どんなことをしたいか。彼女として、どんなことをしてあげられるか。

そのときは、正市にもこれまで（偽装カップルの頃《ころ》）との違いを感じてほしい。

さっきの恋人あるある――夜のだらだら電話も、その一環《いっかん》のつもりだった。

他にどんなことしたら喜んでくれるかな。それを考えてる時間は、自《おの》ずと胸がうきうきする。

わたしはついつい笑みをこぼしながら、指ですいすい操作をしてスマホのブラウザを開くのだった。

〈2〉 差し迫る聖なる日

「一定のリズムで下半身を動かしていると、だんだん息が上がり、冬なのにどんどん身体が火照《ほて》っていく。荒《あら》くなっていく呼吸。汗《あせ》ばむ肌《はだ》。ゴールしたあとの快感には計り知れないものがある。そんなスポーツ、なーんだ」

ふっふっはっはっ。ふっふっはっはっ。リズミカルな呼吸の隙間《すきま》に、猿賀谷《さるがや》がそんなクイズを出してくる。

「それってお前……」

「ああ、正市《まさいち》の旦那《だんな》――」

「……持久走だろ」

「さすが旦那、邪念《じゃねん》がない。やはり彼女持ちは余裕《よゆう》がある」

「こんなときにしょうもないクイズ出してくるな……」

絶賛今、俺たちは体育の授業で、持久走の真っ最中だった。

俺が一人で走っていると、後ろから追いついてきた猿賀谷が隣に並び、話しかけてきたのだ。ちなみにおわかりだろうが、これは俺が猿賀谷に一周抜かしされていることを意味している。

しかも、へらへらにやけ面でクイズを出してくる余裕。こいつ体力バカか……？　俺のHPが基準値以下すぎるだけなのか？

さっきのクイズ。正解はしたが、最後の一文には同意しかねる。快感なんてない。体力の限界すぎて、息継《いきつ》ぎだけで必死。冬の風物詩ともいえる、この体育の授業での謎《なぞ》マラソンが、正直俺は苦痛だった。……わかってくれるだろ？

ただ、これも授業のうちなので、致《いた》し方《かた》なく俺は自分のペースでのそのそ走っているのだが。

「……お前、行かなくていいのか？」

突然の下ネタクイズのあと、並走《へいそう》を続けてくる猿賀谷に、俺は訊ねる。

「なぁに旦那、ちょいと話そうじゃあないかい。別にオレはベストタイムを目指しているわけでもないし、体育の成績アップにも興味はない」

「話すほどの体力の余裕ないんだが」

「そのよたよた走りが今更《いまさら》ウォーキングに変わろうと、誰も気にしちゃあいねぇぜ？」

まぁ、そう言われればそうなのだが……。

猿賀谷の一言で俺は無駄《むだ》な抵抗《ていこう》はやめ、腰《こし》に手を当てながら歩き始めた。そんな俺に合わせて、猿賀谷もペースを落とし走るのをやめる。

並んで歩く俺たちの横を、他の生徒がどんどん抜かしていく。一方、俺たちのようにギブアップをし、歩きながらコースを回っている生徒も一定数はいた。

「話って、なんか話題があるのか？」

俺が訊ねると、猿賀谷が軽く笑う。

「まぁ、そう大したことじゃあない。単なる世間話なんだが――。クリスマスが差し迫ってきたわけだがぁ、旦那は何か準備なんかしてるのかい？」

「あー……」

それはタイムリーというか、非常に旬《しゅん》なテーマだった。

クリスマスについては、もちろん意識はしている。十色《といろ》に想《おも》いを伝えるのに、いいタイミングかもしれないとも。しかし、当日――もしくはそれまでに、何をすればいいか全くわからない状態で、まだ彼女を誘《さそ》えてすらいない。

「お前はどうなんだ？」

なんと答えていいかわからず、俺は猿賀谷に訊《き》き返した。

「オレかい？　ふっふっふっ。オレは来たる聖なる夜の性なる一戦に向け、毎日筋トレに勤しんでいる」

「筋トレか……」

「おう、どうした旦那、珍《めずら》しくツッコんでこない。調子悪いのか?」

「あ、いや、聖なるうんたらはめんどくさいから流したんだが……筋トレ、か。自分を磨《みが》いてるってことだよな」

「興味あるってかい? それなら今度一緒に――」

「や、それはちょっと」

俺は慌《あわ》てて否定をし、

「で、その対戦予定の相手はいるのか?」

すぐに次の話に繋げる。

筋トレの誘いを流すことが目的だったのだが、しかし、その猿賀谷の返事に俺は驚いてしまった。

「ああ、一応……二四日か二五日に、まゆ子ちゃんをデートに誘おうと思ってなぁ」

「へぇ……お前からデートに……」

俺は思わず横目で猿賀谷の顔を見た。猿賀谷は持久走のせいか火照った頬を、「へへへ」と照れたように指で掻《か》く。

　これまでずっと、まゆ子が猿賀谷へさまざまなアタックを続けていたのを、俺も近くで見ていた。それがようやく、今度は猿賀谷から……。なんだか俺まで、少し嬉しくなってくる。

「だけれどな、まだどこに行くかも決まってない。そこで正市の旦那。カップルグランプリ決勝進出、実力も折り紙つきのベテランカップルさんのご予定を参考にさせてもらおうと思ってなぁ」

「あー、どこへ行くかは、俺たちもまだ……」

「そうなのかい？　あれだよなぁ、プレゼントなんてのも、用意が必要だよなぁ？」

「ああ、そうだが、プレゼントも悩み中で……」

　残念ながら、猿賀谷の助けになれるような情報は、何一つ持ち合わせていなかった。むしろ、こっちがどうすればいいか教えてほしいくらいだ。

「すまんな、力になれず」

「いやいや。まぁ、正市の旦那がまだって聞いて、少し安心したぜ。もう少し、考えてみることにするよ」

　言って、猿賀谷はにかっと笑う。「そんじゃあ」と軽い足取りで走り出し、背中越《ご》しにひらひらと手を振《ふ》ってきた。普段《ふだん》はエロ話ばかりする癖《くせ》に、要所で爽《さわ》やかにキメて去っていくのはなんだかちょっとズルい気がする。

クリスマス、か。

その日をこんなにも意識したのは、まだ親にプレゼントを買ってもらえた幼い頃以来だ。中学生になってからは、現金を渡《わた》されるだけだからな……。そっちの方がありがたいのだが。

だけど、彼女と仮初の恋人をはじめ、その日が特別な日に変わった。

――というか、そもそも十色の奴、クリスマスは予定空いてるのか……？　それだけでも先に確認しておかないと。

にしても、猿賀谷は猿賀谷で努力をして、自分を磨いているようである。……春日部《かすかべ》と同じだ。

でも、筋トレか。俺は別にイケメンになったり、筋肉をつけたりして十色をオトしたいわけではない。容姿を磨く努力は、自分にとっては違う気がした。以前、正市改造計画と銘打《めいう》って、十色にまともな身なりにしてもらったこともあって、そちら方面の努力を俺一人でするのも変だと思う。

……どうするのが正解なのか。

彼女に猶予《ゆうよ》をもらい、さらにここまで悩んでしまうと、中々引き下がることもできない。引き下がる気もないのだが。

そのXデーが近づいてきていることに、俺は若干《じやつかん》焦《あせ》りを覚えた。

☆

持久走の授業があった日は、お弁当じゃ少しもの足りない。なんならご褒美《ほうび》にデザートも食べたいくらい。

それに共感してくれる友達を持てたことが、この冬の学校を乗りきるための最大のアドバンテージなのではないだろうか。

ということで、わたしはうららちゃんやまゆちゃんと、午前中に持久走のある日は学校の食堂でご飯を食べようと約束をしていた。楓《かえで》ちゃんは残念ながら、やっぱりお昼は春日部くんのところへ行くらしい。……あんな小さいお弁当でよく我慢《がまん》できるな。

そして今日も、わたしたちは授業が終わると同時に食堂へ。席を取ってからそれぞれ好きなメニューを注文しにいき、三人揃《そろ》うのを待っていただきますをした。チャイムが鳴ってから一〇分ほどしか経《た》っていない中々のタイムを叩《たた》きだしたのだが、感覚的には「ようやく」といった感じだった。

「やー、疲《つか》れたなー、持久走おつかれーカツカレー」

言いながら、まゆ子がカレーを食べ始める。

「ま、まゆちゃん⁉ そのレベルのギャグをその声量で言うのはやめとこう」

「えー」

こっちが無性《むしよう》に恥ずかしくなる。

「まぁ、みんなでゆっくり走っただけだから、別にそこまで疲れてはないけど」

とうららちゃん。

「やや、めちゃめちゃ疲れたよー。うららちゃんが体力ありすぎるんだよ……」

サボり気味のようだがテニス部に入っているうららちゃんは、それなりに体力がある。

夜、体型維持《いじ》のためにランニングをしているなんて話も聞いている。

「そう？ 喋りながらだらだら走るの、普通《ふつう》に楽しかったけどね」

涼《すず》しげな表情でそう言って、うららちゃんは垂れてくる髪を耳にかけてラーメンをすすった。

ちなみにわたしも、同じラーメンを頼《たの》んでいる。正市がいたら、おかずトレードしていろいろ食べられるから、定食系にしてたんだけど。そういや、その当たり前のようにしていたおかず交換《こうかん》をうららちゃんと猿賀谷くんに指摘《してき》されたときも、確かこの席に座《すわ》ってたっけ。なんだか無性に懐《なつ》かしい。

「あー、まぁ、楽しかったっちゃ楽しかったけど」

脚《あし》はぱんぱんなんだけど……。

「みんなといろんと喋りたくてペース落としてるんだぞ？」

とまゆちゃん。

「えー、わたし？」

「もちろん！　あたしらのメンバーには、ムードメーカーといろんが必要なんだよ」

「なんか売れない芸人みたいな名前なんだけど……」

わたしが嫌《いや》そうな顔を作ってツッコむと、二人が笑ってくれる。

友達に必要とされているなら、これほど嬉しいことはない。あんまり早く走ると体調を崩《くず》してしまいそうで、いや、そもそも走るのが得意ではなくて、体育でもほぼ最下位争いレベルなんだけど。そんなわたしのペースにわざわざ合わせて走ってくれるくらい、みんな優しい。……ほんとに、ありがたい。

なんだか少しほっこりした気分になりながら、わたしはラーメンに取りかかった。

食べながら、話題は世間話へと移っていく。

「十色、最近彼氏《かれし》とはどうなの？」

何気ない調子で、うららちゃんがそう訊ねてきた。

今までだと偽装のカップルとして、ラブラブ具合を見せつけてきたんだけど……。今日は少し考えて、口を開く。

「あー、……いい感じ、かも」

カップルグランプリで、もうわたしたちが恋人同士であることはみんなにはっきりとわかってもらえた。これ以上、変に演じる必要はない。

正市とすごした後夜祭での光景が脳裏《のうり》に蘇《よみがえ》る。あれからわたしたちは、中々いい感じにすごしている。具体的に何が、と言われるとちょっと難しいんだけど、二人の距離《きょり》がぐっと縮まったような雰囲気がずっと続いているのだ。

ちょっとした彼《かれ》との時間が愛《いと》おしくて、何気ない会話にドキドキして。そして正市も、同じことを感じてくれているのが伝わってくる。まだ正式な言葉はもらってないけど——わたしのことを大切に思ってくれているのが、最近とてもよくわかる。

そんなことを考えている間、

「……十色、何か彼氏といいことあった？」

気づけば、うららちゃんがじっとわたしの顔を見ていた。

「わかる、わかるぞうららん！　といろん、なんか今、すごいアレだった」

そう、まゆちゃんが会話に入ってくる。

「いや、なんとなく」

「え、なんで？」

「アレ？」

「うん。なんかその、色っぽい顔してた」

「色っぽい⁉」

「あ、あんたまさか、真園《まぞの》と……」

眉《まゆ》をひそめて聞いていたうららちゃんが、はっと瞳《ひとみ》を大きくする。

「な、何かな？」

「もしかしてもう、や、や、ヤっ……」

「う、うららん、それ以上は言っちゃダメだ！　センシティブかかっちゃう！　ていうか
もう、とっくに……じゃないのか？」

「そ、そっか、そうだよね、そうなのか……？」

「二人共、何考えてるの⁉」

真っ昼間の食堂だぞ⁉　普通に恥ずいのでやめてくれ……。

「もう！　変な勘繰《かんぐ》りはやめて！　カップルグランプリからちょっと前より仲よくなったなーって感じなだけだよ！」

「そっか。でももう半年以上経つでしょ？　まだまだ仲がよくなる余地があるってのはいいことだね」

落ち着いたうららちゃんが、そんなことを言ってくれる。その隣で、

「いいなー。幸せって感じだなー。あたしもクリスマス頑張《がんば》ろ……」

まゆちゃんが少し萎《しぼ》んだ口調で言葉をこぼした。

「猿賀谷くん？」

わたしが訊《たず》ねると、まゆちゃんはこくこく頷《うなず》く。

「そうだけど……まだ誘うところからだ」

心配なのだろうか。尖《とが》らせた唇《くちびる》を動かしてぽしょぽしょと話すまゆちゃん。ツインテールの先っぽを指でこちょこちょいじっている。

「そっかー。でも、大丈夫じゃない？　カップルグランプリも一緒に出てくれたし！　むしろ今度も期待して待ってるくらいかも！」

「そうだといいけどなー」

実際に予定が決まるまではそわそわするよね。わかる。

わたしもそろそろ正市に声をかけてみるか。向こうから何か誘ってくれないかと、ちょっとだけ思ったりもしたけど……。まぁ、わたしたちの場合は、だいたい遊びの誘いや計画はわたしの担当だ。新しくやるゲームやハマりそうな漫画《まんが》や小説の紹介《しょうかい》は正市の担当なので、役割分担ができてるっちゃできてるのだ。

それに、彼氏が彼女《かのじょ》にしてほしいことリスト（ネット調べ）の中に、誕生日やクリスマスを一緒《いっしょ》にすごしてほしいってあったし。このチャンスは逃《のが》せない。

「今年ももうクリスマスかー」

どこか遠いところを眺《なが》めるような目で、うららちゃんが声を伸《の》ばす。

そういえば、うららちゃんはどうなんだろう。学祭のとき、ＤＪブースにいた男子の先《せん》輩《ぱい》に熱い眼差《まなざ》しを向けてたっけ。あれっていったい……。

気になるな。

でも、訊いていいのかな。

訊くにしても、こっそりの方がいいかもしれない。とりあえず、最初は二人で、静かなところで……。

「あ、やば、早く食べないと、おやつ買いに行く時間なくなるぞ！」

そんなまゆちゃんの声に、わたしははっとする。

まずい。いろいろ考えることはあるけれど、今、一番大事なのはご褒美のスイーツだ。予鈴《よれい》が鳴るまであと一〇分くらい。売店へ向かうため、わたしは急いでラーメンをすすった。

〈3〉制服デート、緊急クエスト

冬が本格的になってきた。

マフラーに顎《あご》を埋《うず》めながら吐いた息が雲のように真っ白だったり、頬《ほお》を撫《な》で髪を逆立てる風が氷のような冷たさだったり。あと、朝布団《ふとん》から出るのが、とても非常にどうしようもなく億劫《おっくう》だったり……。

ただ、季節を感じるのは気候からだけではない。

街路樹を彩《いろど》るイルミネーション、クリスマス商戦に向けた売り出しのポスターや旗、ショッピングセンターに入ってみると、店舗《てんぽ》ＢＧＭで耳に馴染《なじ》みのあるクリスマスソングが流れている。

街に出れば、途端《とたん》に心が華《はな》やぐ感覚。そのわくわくは、子供の頃から変わらない。

だけど初めて、好きな人——好きと意識した人とすごす冬は、なんだか腹の奥《おく》がふわふわするような特別なそわそわ感があった。

その日、俺《おれ》と十色《といろ》は、学校帰りに駅前のショッピングモールへと向かった。集めているラノベの新刊の発売日で、本屋へゲットしにいく約束をしていたのだ。そのついでに、他のお店も見て回って遊ぼうという計画である。

「正市《まさいち》、放課後デートだね！」

「ああ、そうだな」

「これが…………放課後デートなんだね！」

「えらい溜《た》めたな」

なんだかものすごく感動したような言い回しだった。

「だってだって、初めてじゃない？　放課後にこうして二人出かけて遊ぶの」

「まぁ、そうか？」

確かに、学校帰り公園やコンビニなんかに寄り道することはあっても、意外と駅前の方まで遊びにくることはなかった。

「これが噂《うわさ》の制服デートってやつね」

十色はどこかわくわくしたような口調で目を輝《かがや》かせる。

デート、か。

そのワードをそこまで意識させられたのは初めてだ。

恋人《こいびと》ムーブでのデートとはまた違う。猿賀谷《さるがや》たちと行ったダブルデートのときも、まだ俺たちは偽装カップルとして参加していた。

なんだか今日は、その言葉が、これまでとは少し違《ちが》う意味合いを持つ気がした。

――これから俺は、デートするのか。

こう意識するのは初めてで、もしかしてこれが初デートになるのか？　でも、実際まだつき合ってはいないので、これはデートと呼んでいいものか。一応仮初のカップルだが……デートの定義って……？

そもそも、もしあのとき仮初のカップルになっていなければ、俺たちの間にデートなんて言葉が出ることもなかったんだろう。

そして、もう少ししたら、この時間をはっきりデートと呼べるように……。

そろそろ十色にクリスマスの予定を訊かなければ。いや、引き延ばしても仕方ない。そろそろなんて言わず、今日中には必ず。いつもはこういう遊び系は十色の方から誘ってくれるのだが、今回は自分から――。

変に改まってもおかしいので、さり気なく訊きたいところだが。

そんなことをぐるぐる考えながら、十色について歩いていると、

「よーし、着いたよ！」

いつの間にかゲーセンまで辿《たど》り着いていた。

「……ん？　ゲーセン？」

「本屋じゃなかったか？」

「やっぱしまずはここでしょ！」

「その意見には同意だが。デートって言っても、いつものルートと変わらんな……」

「いいのいいの、わたしたちにはわたしたちのデートがあるのさー」

そう言って笑い、十色は「レッツゴー」と片手を上げてゲーセンに入っていく。

わたしたちの──俺たちの、デート。なんだかその言葉は気負ってなくていい。楽しくなってきて、俺も賑《にぎ》やかな音楽が満ちたその空間に足を踏《ふ》み入れた。

「でも、せっかくだし気分変えていつもと違うゲームする？」

「ああ、いいな。でも何する？」

十色が辺りをきょろきょろと見回す。釣《つ》られて俺も色とりどりの装飾《そうしょく》が施《ほどこ》された店内に視線を巡《めぐ》らせた。

俺たちがいるのはUFOキャッチャーゾーンを抜《ぬ》けたところだ。その奥に広がるは、メダルゲームコーナー。左奥《ひだりおく》にはカーテンのついたガンゲーの筐体《きょうたい》、エアホッケー。子供向けの新幹線の乗りものなんかも遠くに見える。

「あ、これは？」

十色が指さしたのは、とある音ゲーだった。流れる譜面《ふめん》にあわせてリズムに乗って太鼓《たいこ》を叩く、だいたいどこのゲーセンにも置いてあるやつだ。さすがに俺も、テレビゲーム版も含《ふく》め何度かプレイしたことはある。

「あー、たまにはいいかもな」

「でしょでしょ？　勝負しよ！」

ゲームばかりやっている俺たちだが、音ゲーに熱中したことはあまりない。お互《たが》い低レベルなので、それなりでの勝負が成り立つはずである。

小銭《こぜに》を出して筐体に投入する。十色がバチで太鼓を叩き、設定画面を進めていった。難易度の選択《せんたく》画面になり――十色はカッカッと太鼓の縁《ふち》を叩き、『むずかしい』のコースを選ぼうとする。

「待て、地獄《じごく》見たいのか」

俺は慌てて口を挟《はさ》んだ。

「えー、勝負だよ？　さすがに一番レベル高いコースは無理だけど、ちょっと難しい方がいいでしょ？」

「いや、音ゲーでのちょっと背伸《せの》びは致命傷《ちめいしょう》になるぞ」

昔、苦い経験があるのだ。まさにこの太鼓のゲームを、人生で初めてプレイしたときのことである。親戚《しんせき》の家で、テレビゲームのコントローラーでプレイしたのだが——初心者と言えど普段ゲームばかりしているので大丈夫だろうと難しいコースを選択し、手も足も出なかった。次々と流れてくる譜面に目がついていかない。一度指が止まってしまえば、途中《とちゅう》から曲に戻《もど》っていくことも難しい。

レースゲームやアクションゲームでの初心者とは、わけが違うのだ。全く歯が立たないのである。そして、何もできない虚無《きょむ》感に苛《さいな》まれているうちに、ゲーム終了。そんな悲惨《ひさん》な状況《じょうきょう》に、十色が今、陥《おちい》る寸前だった。

「そんなに音ゲーやったことないだろ？　せめてふつうコースにしとこう」

「えー。まぁ、正市がそういうなら？　あわせてあげてもいいけど。まったく、仕方ないなぁ」

「なぜ上から目線なんだ……」

こっちが救ってやったというのに。けどまぁ、これでなんとか事故は防げた。俺たちは揃って『ふつう』コースを選ぶ。

「え、待って、この曲あるんだ！」

曲選択画面で最近流行《はや》っているアニメのＯＰを見つけ、十色が声を上げた。

「すごいな。結構最近の曲まである」

「待って、EDの方もあるよ！　これめっちゃ感動するんだよねー」

「……待て、そのアニメ、まだ一話までしか見てないよな？」

二人で一緒に追っていこうと決めて、先週一話を見たのだ。確かもう三話くらいまで配信されているはずである。しかし一話では、話の最後に本来のOPが流れるような構成になっており、EDはまだ聞いたことがなかった。

十色がはっとした顔で俺を見る。それから何か言いわけを探すように、つぃーと視線を横に逸《そ》らした。

「お前、二話先に見ただろ」

「あ、あー、や、たまたまテレビつけたらやってて。続き気になってたから、思わずリモコン持つ手を止めちゃって。あ、でも大丈夫だよ！　絶対ネタバレしないし、わたしももっかい見たいから一緒に見よ！」

「いや、まぁ、気持ちはわかる」

多分俺でも見てしまう。別に責めているわけではない。ただただ俺も早く続きが見たくなった。

「じゃあ、とりあえずこのOPでOK？」

「ああ。あと、帰ったら二話見よう」

「おっけー！」

そうして、ようやく勝負が始まる。十色がさっとマフラーを取り、俺は急いで腕《うで》まくりをした。

ピアノによる静かなイントロに入り、最初は一つ一つ間を空けながら音符《おんぷ》が流れてくる。太鼓の面を叩く赤色と、縁を叩く青色。次第《しだい》にその音符がだんだんと重なりだす。ドドドン、カカカッとリズムに乗って叩いていく。

俺はなんとか、ミスをしつつも短いコンボを何度も繋《つな》いでいった。表示されているゲージでどちらが優勢かわかるのだが……。

「ちょ、ちょちょちょ、ちょちょちょまっ」

「……お前」

「きゃっ、ちょっ、どんどんかっ、どんどんかっ」

隣《となり》から届く悲鳴を聞いていれば、どちらが勝っているかは明白だった。

大慌《おおあわ》てで太鼓を叩く十色。しかし全てワンテンポ遅《おく》れている。綺麗《きれい》に叩けば明るく光る音符たちが、どんどん黒く死んでいく。

十色の奴《やつ》……こんなに音ゲー苦手だったのか。コンボを繋げていたのは、本当に初めのイントロの内だけだった。

「待って、やばい、腕がこんがらがる」

「大丈夫か。そろそろサビだぞ！」

音楽がどんどん盛り上がっていく。十色は諦《あきら》めたくないらしく、なんとか太鼓《たいこ》は叩《たた》き続けている。

そして、サビに突入《とつにゅう》する瞬間《しゅんかん》――。

難易度『ふつう』には似つかわしくない、音符が八つほど折り重なった長い譜面が現れた。

「え、ま、わわわわわっ」

そんな慌てた声が聞こえたあと……、

「………………」

急に静かになった。太鼓の音も聞こえない。

ちらりとそちらを窺《うかが》えば――そこにはバチを持ったまま音楽に合わせ、盆踊《ぼんおど》りのような動作で踊《おど》る彼女の姿があった。

「な、何してるんだ？」

「えへへへ、いやぁ、もう頭が真っ白になって。ギブ」

どうやらパニックになってしまったらしい。

「踊っても点数は加算されないぞ」

「太鼓叩くのは間に合わないって思ったら、代わりの動きを求めて身体が勝手に……」

「どんな状況だ！」

俺がミスしつつもどうにか短いコンボを繋ぐなか、十色のゲージはみるみる減っていく。

そして、細かいピアノの旋律《せんりつ》によって曲が締《し》め括《くく》られ、ゲームは終了《しゅうりょう》した。

「や、やー、めっちゃいい曲だったねぇ」

「曲を楽しむ余裕あったのか？　……いや、曲を楽しむしかなかったのか」

「どうせ楽しむなら家でゆっくり聞きたかった……」

「本音が出たな……。帰ったら聞こうな」

こうして、初めての音ゲー対決は俺の勝利に終わった。あと、十色の圧倒的《あっとうてき》リズム感のなさが発覚した。

小さく片頬を膨《ふく》らませ、「こりゃちょっち練習しないと……」と呟《つぶや》く十色を見ながら、俺は密《ひそ》かに笑ってしまう。

些細《ささい》なことだが、十色とこうして初めてのことに挑戦《ちょうせん》したり、彼女の知らないことを知ることができたりするのが、なんだか嬉《うれ》しい。

もっともっと、こうして二人でいろいろな場所に行ったり、やったことのないことをやってみたいと思った。

二人ならきっと、『楽しい』が保証されている——。

＊

二階に移動した俺たちは、エスカレーターを降りてすぐのところにあった館内地図の前で足を止めた。

「お、ここ、カップル的には一度は行っておきたいね」

そう言って、十色が地図を指さす。

「ん？　着物売り場？」

「違うちがう。そのもうちょい上の、獣《けもの》売り場」

「ああ、ペットショップか。……いや、着物売り場みたいな言い方！」

一応ツッコんでおくと、十色があははと笑う。

「行こいこ！」

十色につれられ行ってみると、確かにショーケースに入った小型の獣がたくさん並んでいた。「わぁ」と歓声《かんせい》を上げて十色が駆《か》け寄っていく。

「見て、めっちゃ可愛《かわい》いよ！」

「ああ、まぁ」

「きゃー、目くりくり、毛もふもふ。脚短かっ。舌出してる可愛っ！」

女子って犬とか猫《ねこ》とか好きそうだよな。正直俺はそれほど興味ないのだが、可愛いか可愛くないかで訊かれたら、まぁ可愛い部類なのだと思う。

「やば、可愛すぎ！　犬可愛いって言ってる自分可愛いとか、そういう不純な意図なく可愛い！」

「そんな邪推《じゃすい》してないぞ」

「あははは」

楽しげに笑う十色。

実際にそういうふうに思われたくて、『可愛い』を連呼する人はいるのかもしれない。ただ、十色はわざわざそういう印象操作を駆使《くし》するタイプでもないし……あと、もし俺に可愛いと思われたくてやっているのだとしたら、それはそれでなんというか可愛い。

「それで、どれ買う？」

「話早いな」

「やっぱしここはカップルらしく、将来飼う犬の話でもしておくべきでしょうと思って」

「恋人ムーブってやつか」

しかし、話に乗ろうにも、犬種がわからなければ好みもない。強《し》いていえば、番犬と呼べるような大きな犬がかっこいい――使《つか》い魔《ま》っぽく従えてみたい、なんて中二チックな願望はあるが、現実的に飼うのは苦労しそう。

そんなことを考えていたときだった。

「いらっしゃいませー。よかったらわんちゃん抱《だ》っこしてみますかぁ？」

背後から店員のお姉さんが話しかけてきた。振り向けば、すでにお姉さんは腕に茶色いもこもこの犬を一匹《ぴき》抱《かか》えている。

「えっ、いいんですか？」

十色がぱっと目を輝かせる。

「はい、こちらへどうぞー」

俺たちはお姉さんにショーケース脇《わき》で通路に面したソファに案内された。い、いいのかこれ、買うつもりはないんだが……。

「これはトイプードルです？」

「はい、トイプーちゃん、メスです。落ちないように、お膝《ひざ》に乗せてあげてくださいねー」

そう言いながら、お姉さんが十色の膝の上に犬を置く。

「の、乗ってるのってる！」

「お、おい、騒《さわ》ぐとびっくりしてるぞ」

犬は十色の膝の上で、四本脚をぷるぷるさせながら立っている。その背中に、十色がおそるおそる手を添《そ》える。ゆっくりと毛を撫でてやる。

すると、犬が「くぅーん」とか細く鳴き、十色のお腹《なか》の方に身を寄せてきた。

「くんくーん」

そう小さく鳴きながら、つぶらな瞳で十色の顔を見上げる。

「やば、きゅん！」

「きゅんが出たな」

「引き出されちゃったよ。待って、可愛すぎない⁉　正市も撫でてみ」

言われ、俺も手を伸ばして犬の頭を撫でる。すると、犬が顔をぐわんと上に向けてきた。

噛《か》まれる──かと思ったが、痛みはなく、生暖かい感触《かんしょく》が。指先を舌で舐《な》められていた。

ぺろぺろ、ぺろぺろ。

「か、かわ……」

「おお！　正市の口から可愛いが！」

「お、思わず……」

別に可愛いくらい言ってもいいのだろうが、なんだかキャラじゃないというか、妙《みょう》に気《き》恥《は》ずかしい。……でも正直激可愛い。

慣れてきたのか、犬は十色の胸を支えに二本足で立ち、十色の顔に鼻をちょんちょんとつけて匂《にお》いを嗅《か》いでいた。「くすぐったいよー」と笑っていた十色だが、急に真剣《しんけん》な顔つきになり、

「決めた！　わたしこの子連れて帰るよ！」

とんでもないことを言いだした。

「待てまて、早まるな！　そんな簡単に飼えないだろ」

「せーちゃんって、確か犬好きだよね？」

「おうおう、着実に周りから固める準備に入るな。あと俺の家で飼う気かよ」

「やっぱし二人で飼うなら、わたしもよくいる正市の家じゃない？」

「お前、ちゃんと世話するんだろうな……」

というか、まずい、なぜか飼う方向で話が進みつつある。

そもそもこの犬、いくらするんだ？

俺の目を凝《こ》らす仕草に気づいたお姉さんが、ショーケースの下に掲示《けいじ》されていた、このトイプードルの写真の入った値札を取ってきてくれる。

「え……」

そこで、俺は言葉を失った。

ろ、ろくじゅうよんまん……。

「こ、このわんちゃん、こんなにするんですか？」

「そうなんですよー」

十色の驚愕《きょうがく》交じりの質問に、お姉さんもどこか申しわけない笑《え》みを浮《う》かべながら答えてくれる。

「あー、血統書つき的な？」

「血統書はもちろんついています。そこではなくて、シンプルに顔が可愛いからですねー。今のウチのお店の看板犬です」

「か、顔が可愛いから……」

マジか。顔の可愛さで値段決まるのか。いやまぁ、確かに可愛いが。犬界にもそんな、容姿での優劣《ゆうれつ》があったなんて……。

「あと、トイプーちゃんの茶色の場合、毛の色の濃《こ》さなんかもお値段に影響《えいきょう》します。大きくなると毛の色も抜けていくので、赤ちゃんのときに毛色が濃い方が人気になります。この子の毛、茶色通《とお》り越《こ》して赤っぽいのがわかると思います。美人ちゃんです」

こんな可愛い子、滅多《めった》にこないんですよー。とお姉さんに追撃《ついげき》アピールをされる。

ただ、値段が可愛くない。

「くぅ……。またいつか、ビッグになって迎《むか》えにくるからね」

そう犬の横腹に頬をすりすりさせながら、十色が言う。

「さすがに先に買われてるわん」

「夢がない代弁やめてぇ」

そう嘆《なげ》きながら、十色は別れを惜《お》しむように犬をぎゅっと抱く。

「……十色って動物好きだったのか」

「うん！　飼ったことはないけど、実はいつか飼ってみたいとは思ってる！」

「へぇ、そうだったのか……」

初耳だ。ただ、本当に好きなのは伝わってくる。

胸にしがみついてくる犬を優《やさ》しく撫でる手つき。慈《いつく》しむように細められた目。

俺は返事をしながら、気づけば彼女にぼーっと見惚《みと》れていた。

いつか、もしかしたら、家で犬を可愛がる彼女が見られる日がくるかもしれない。

ただ、そんな未来を求めるのなら——俺が今、しっかりしなければいけない。そう、俺は一人考えた。

＊

雑貨屋に行っておそろいで持てるものを探してみたり、お菓子《かし》をカップに詰《つ》め放題《ほうだい》で買えるお店で元を取ろうと奮闘《ふんとう》してみたり。

さまざまなところへの寄り道を挟みつつ、ようやく俺たちは一番の目的である本屋に到《とう》着《ちゃく》した。

「やー、入荷《にゅうか》してなかったらどうしようと思ったよ」

目当てのラノベを手に取り、ほっと一息つく十色。

「ほんとだよ。未入荷ならまだしも、在庫を取ってないとなると中々辛《つら》いものがある」

本屋に入ってから、ラノベコーナーを探すのに少し時間がかかってしまった。以前きたときから、店舗《てんぽ》内《ない》のレイアウトが変わっていたのだ。しかも、ラノベの棚《たな》は漫画コーナーの奥に一台と、かなり縮小されてしまっていた。ラノベ好きからすると、なんというか世《せ》知《ち》辛《がら》い……。

気になっていた漫画も一冊買うことにし、それから文芸コーナーもチェックする。十色がファッション誌を見たいと言い、雑誌の棚へ移動した。

ふと、そこに立っていた人物に目が吸い寄せられる。

「あ……」

すらっとした立ち姿。見覚えのある、パーマがかった金髪《きんぱつ》。意志の強そうな、切れ長な目。

雑誌に目を落としていた彼女の方も、立ち止まった俺たちに気づいたか、ちらとこちらに顔を向ける。

そして目を丸くした。

「と、十色っ⁉」

「え、う、うららちゃん！」

まさかの遭遇《そうぐう》に驚《おどろ》きの声をあげつつ、十色はさっと手に持っていた会計前のラノベを背中に隠《かく》す。対して中曽根《なかそね》も、読んでいた雑誌をばばっと棚に戻した。

十色は一応、オタクであることは伏《ふ》せている。ラノベを背中に隠すのはわかるのだが、中曽根は何を慌《あわ》てていたのだろう。

「うららちゃん！　ここきてたの？　言ってよー。一人？」

「あんたたちデートでしょ？　言ったって、邪魔《じゃま》するだけじゃない」

「や、やー、また別日に、一緒にこれたかなーって」

「それは普通《ふつう》にお願い。また一緒にこよ？　ウチともデートしよ」

「うん！　しよしよー！」

こっそり十色の背中でラノベを受け取りながら、俺は中曽根が棚に戻した雑誌をちらりと確認《かくにん》した。

どうも音楽系の雑誌らしい。DJという文字が目に入った。

「ところで何してたの？　立ち読み？」

言いながら、十色もその音楽雑誌に目を向ける。

「うん。このあと用事あって、ちょっと時間潰《つぶ》しに」

「なるほどー。へぇー、うららちゃん音楽系の雑誌とか読むんだ！」

十色からしても意外だったらしい。そう中曽根に訊ねる。

「あー、まぁ、うん」

対して中曽根はどこか恥《は》ずかしそうに目を横に逸らしながら、頬をぽりぽり掻《か》いている。

すると突然《とつぜん》、十色が「あっ」と声を発した。

「そういえばうららちゃん、学祭のとき、DJブースで――」

その言葉に、中曽根は目を見開いた驚き顔に。

「み、見てたの⁉」

「うん。や、夢中だったから声はかけなかったんだけど」

なんだろう。学祭で何かあったのか。俺には全くなんの話かわからないが……。ただ、みるみる中曽根の顔が赤くなっていくところを見るに、何かわけありらしい。

「そっか、見てたんだ……」

そして、小さく呟きながら何やら逡巡《しゅんじゅん》していた中曽根が、顔を上げて十色を見る。

「……ねぇ、このあとって時間ある？　頼《たの》みたいことがあって、今日しかダメなんだけど……」

十色が俺を振《ふ》り返ってくる。

あとは会計を済ませれば、本屋で目当ての本を買うという本日一番の目的は達成だ。それに、十色の友達づき合いも大事だろう。デート中の十色に頼むほど、何か緊急を要する事情が中曽根にはあるようだ。

まぁ、俺は帰って買った本でも読むか。

俺が頷いてみせると、十色が小さく「ありがと」と言ってくる。

「頼みって何かな？　なんでも言って！」

「マジありがと！　でも、ちょっと移動してもらわなきゃなんだけど」

「うん。あ、正市は？」

「ウチは全然、ついてきていいけど」

――え、俺も？

俺はぎょっとして女子二人の顔を見る。

「いいっぽいからおいでよ」

ぱっと笑顔《えがお》を咲《さ》かせた十色が、俺の手首を持って軽く引いてくる。

さっそく組み上がった俺のだらだらラノベタイムの予定が、あっという間に崩《くず》れ去る音が脳内で響《ひび》いた。

……マジで？

＊

予期せず起こった緊急クエストに、なぜだか俺も参加することになっていた。

そしてさらに予想できなかったのが、そのクエストでの行き先である。

地下にあったその空間では、大音量の洋楽が空気をびりびり震《ふる》わせていた。暗闇《くらやみ》の中、頭上で星空のように色とりどりのライトが輝き、光線が俺たちの顔を照らしていく。フェードアウトした音楽が――急に弾《はじ》け、それに合わせて前方の人たちがジャンプをした。思わずびくっとしてしまう。

「ここは……異世界？」

俺にとっては生涯馴染《しょうがいなじみ》のない場所だと思っていた。

「パリピだ。パリピがいる」

十色もそわそわと、辺りを見回している。

ナイトクラブ、ダンスクラブ……詳《くわ》しくはよくわからないが、いわゆるクラブ。パーリーピーポーの生息地に今、一匹《ぴき》のオタクが迷いこんでしまっていた。

訊《き》けば、このクラブは平日一七時〜二一時をU‐18限定タイム、それ以降を通常の深夜営業としており、高校生の集まることのできる珍《めずら》しいシステムになっているらしい。

確かに、周りには俺たちと同じくらいの年の男女が集まっている。俺たちもそうなのだが、学校の制服姿の奴も多くいた。

「まず飲みもの取りにいくよ」

慣れない場所できょろきょろそわそわする俺たちに、中曽根がそう声をかけてくる。真《ま》っ直《す》ぐ堂々と歩いてバーカウンターの方へ。勝手知ったる様子である。

「さ、さすがうららちゃん」と十色。

「中曽根、こういうとこよくきてるのか？」

音楽がフロア内にずんずん響いており、会話するときはお互い顔を近づけないといけない。

「やや、わたしも知らなかったんだけど。でも、きてそうっちゃきてそうじゃない？　髪《かみ》型《がた》とかギャルだし」

「ギャルか……」

中々接点のない人種かと思っていたが、身近に潜《ひそ》んでいたとは。

「うん。まぁ、うららちゃんに言うと、ギャルじゃないって言われるんだけどね」

「ああ、ギャルじゃないのか」

「や、ギャルだよ。ギャルの中にはねぇ、なんでかわかんないけど、ギャルでしょって言われたら否定する子もいるの。やや、ギャルじゃないしーって」

「なんじゃそりゃ」

ギャルってそんな複雑な生きものなのか。

「でも、ギャルってなんか基本仲間とつるんでるような印象なんだが……。それじゃあ中曽根と一緒《いっしょ》にいる十色もギャルになるのか？　髪色は近いよな」

「やや、ギャルじゃないし」

「その否定はつまり、ギャルってことか？」

「ほ、ほんとのほんとに、わたしはギャルじゃないよ！」

「どっちなんだ……」

難しすぎる、ギャル。

そんなことを話しつつ、俺たちは中曽根のもとへ。

「これ、メニュー。最初のワンドリンクは入口でもらったチケットで交換《こうかん》できる」

待っていてくれた中曽根が、そう教えてくれる。見れば、バーカウンターの下にドリンクのメニューが掲示されていた。……が、解読できない。知らない名前の飲みものばかりだ。サマーなんとかとか、プッシーなんとかとか。

唯一馴染《ゆいいつなじ》み深《ぶか》いコーラの名前を発見し、俺はそれを注文する。するとすぐに店員さんがビンのコーラを後ろのガラス冷蔵庫から取り、蓋《ふた》を開けて渡《わた》してくれた。

その横で、

「うららちゃん、これ何？」

「あー、ノンアルのカクテル。おススメはね――」

「え、おいしそう。それにしよ！」

十色はしっかり中曽根に詳細《しょうさい》を訊いて飲みものを選んでいた。ココナッツベースに柑橘《かんきつ》系のシロップの入ったものを頼み、シェイカーを振る店員さんに「おー」と感嘆《かんたん》の声を漏《も》らす。

それから俺《おれ》たちは、フロアの空いているスペースに移動した。奥《おく》にはＤＪブースがあり、黒髪《くろかみ》の男子が腕を広げて会場を盛り上げている。その手前のお立ち台では女子たちが音楽に乗って手を上げながらジャンプしている。人が多く、さらにみんな動いているからか、フロア内は熱気が充満《じゅうまん》していた。

「暑くなってきたな」

俺が言うと、十色もこくこく頷《うなず》く。

「ロッカーにブレザーも入れてくるよ」

ここに入るとき、入口にあった鍵《かぎ》つきのロッカーに荷物とマフラーを預けていた。

俺が手を出すと、十色もブレザーを脱《ぬ》いで俺に渡してくる。ちらと中曽根の方に視線をやれば、「ウチはいいよ」とＤＪブースを眺《なが》めたまま短く返事があった。

俺は自分のブレザーも脱ぎながら、ロッカーへと向かう。フロアに響く音楽が少し遠くなったところで、ふぅと息をついた。

いったいなぜこんなところに……。いや、心当たりはある。本屋での十色と中曽根の会話の中に、ＤＪというワードが出ていた。それからやってきたのがこの場所である。

だけど、俺たちをつれてきたわけは……？

考えながら、ロッカーに服をしまう。鍵を閉め、ゆっくり歩いてフロアに戻る。すると、さっきまで俺のいた場所に、知らない男が二人集まっていた。カモフラのパンツにつんつん頭の男と、ロングカーディガンを羽織ったマッシュヘアーの男。

「……ん？」

よくよく見れば、十色がナンパされているようだった。

「キミ、名北《めいほく》？　一人？」

「あ、名北だったら、先輩《せんぱい》に一人仲いい人いるぜ？　吉村《よしむら》さん、知ってる？」

「一緒にもっと前の方行かね？」

「てかマジ可愛いね。連絡先《れんらくさき》教えてよ。ダメ？」

二人から矢継《やつ》ぎ早《ばや》に声をかけられ、十色は困って苦笑いを浮かべるばかり。

俺は慌てて十色のそばに戻る。

「あ、えーと……。どうかしましたか？」

俺の女に手を出すな！　くらい言えればよかったが、そこまでの勇気は出なかった。

「あ、あー。男いたんすね」

「すんません、お邪魔しました～」

少しヒヤヒヤしたが、穏便《おんびん》に二人共引き下がってくれた。密かに安堵《あんど》しながら、十色を振り返る。

「大丈夫《だいじょうぶ》か？」

「びっくりしたー、正市ありがと！」

「一人なのか？」

「そう、うららちゃんトイレ行っちゃって」

「あー」

そりゃあまぁ、こんな場所に女子一人でいたら声かけられるか。

「あんまり俺から離《はな》れるなよ」

言ってから、恥ずかしくなる。ちょっと気障《きざ》っぽすぎたか。俺がぽりぽり頬《ほお》を掻いてると、

「う、うん」

その腕の肘《ひじ》のところのシャツを、十色がちょんと指でつまんでくる。

「そ、そこまで引っついてなくても……」

「危険だからさ」

ふふふっと十色が笑う。

「動きにくいだろ」

「あら、正市くんは、可愛い彼女《かのじょ》が他の男の子につれてかれちゃってもいいのかな？」

「そ、それは……」

もちろん嫌《いや》だ。昔なら、仮初《かりそめ》の彼女だろ、なんていつものツッコミがすぐに飛び出していたかもしれないが。今は、そんな言葉が脳裏《のうり》によぎる余地もなく。

俺が何も言えないでいると、十色がにたっと笑ってくる。

「守ってね？」

「……ああ」

俺が頷くと、十色が嬉しそうに俺の服をつまんだ手を振ってくる。

そこに、

「いつの間にか楽しそうね」

振り返れば、トイレから戻ってきたらしい中曽根が、じとっと細めた目を俺たちに向けていた。

「うららちゃん、遅《おそ》いよ！　初心者二人を取り残さないで！」と十色。

「ん？　あー、ごめんごめん。……あんたたち、なんかあった？」

「うららちゃん行ってからすぐナンパされて、そこを正市が助けてくれたの」

「へぇ。……へぇー」

驚きの「へぇ」のあと、意外そうな「へぇ」と共に中曽根が俺の方を見てくる。

「さすが、彼氏《かれし》。やるじゃん」

「別に何も……」

本当に、そんな過大評価されるようなことはしていない。むしろひやひや、ビビッていたくらい。だけど中曽根はどこか満足げな表情でこくこく頷く。

「その調子で、何かあったら助けてあげてよ。ここは狼《おおかみ》たちがうろうろしてる場所だから」

「お、おう。ていうか、お前も一緒にいるんだろ？」

やはり、初めてのクラブ、勝手知ったる人が近くにいないと不安である。

十色も同じ想《おも》いなのだろう、中曽根に助けを求めるような視線を向けていたが――そのとき、フロアに流れていた洋楽が終わりを迎えた。これまでと違《ちが》い、ほえええんとスペーシーな効果音と共に音楽はフェードアウトする。と同時に、ずんずんずんと低いビート音が流れ出す。

どうやらDJの交代の時間らしい。今プレイしていた男子が会場に手を振りながらステージを後にする。

そして、すでにステージ脇に待機していた男子が、両腕《りょううで》を広げながらステージに上がった。中曽根が「あっ」と声を上げる。会場の歓声と共にビートが弾け、アップテンポなイントロが流れこんできた。

「ごめん、ちょっとウチ行ってくる」

言って、中曽根が俺たちのもとを離れてステージの方へ。

「ちょっ、待――」

結局、また俺と十色二人きりに。

慌てる俺の隣で、「あの人……」と十色が新しく出てきたＤＪを見ながら呟く。

「知ってるのか？」

「うん！　多分、あの人、同じ学校の三年生。学祭のとき中庭でＤＪしてて、そのときうららちゃんが一人でじっと見つめてたの」

「ああ、あの人が……」

例の、と言えばいいだろうか。

今日俺たちがここにきた目的は、きっと彼《かれ》に関係している。

ステージを見ながら音楽に乗って飛び跳《は》ねる中曽根を見ながら、俺は考える。多分、中曽根は、あの人のことが――。

ぱっちりとセットされた、パーマがかった茶髪《ちゃぱつ》。ＤＪブースから覗《のぞ》く身体で、背の高いのがはっきりとわかる。そして極《きわ》めつけは、小さな顔の輪郭《りんかく》にすっと通った鼻筋、ぱっちりとした大きな目。まるでアイドルのように整った顔をしている。

あれがモテなけりゃ誰《だれ》がモテるんだレベルの顔面だ。その証拠《しょうこ》に盛り上がりがすごく、お立ち台のそばに先程《さきほど》まではいなかった女子たちが群がっている。

中曽根の奴、中々の修羅《しゅら》の道を進もうとしているようだ。

……で、俺たちが呼ばれた理由は？

しばし俺と十色は、飲みものを飲みながらそのＤＪのプレイを眺めていた。

「ねね、踊る？」

「踊りわかるのか？」

「ノリでしょ、ノリ」

言って、十色がたたっとフロアに出ていき、ピコピコ流れている電子音に合わせて手を上げながらふらふら踊ってみせてくる。

「おい、サイケデリック盆踊りやめろ」

さっき太鼓《たいこ》のときも見たぞそんなの。

「いやはは」

恥ずかしかったのか、辺りをきょろきょろし、すぐに俺のもとへ駆け寄ってくる十色。

何やってんだ……。

そんなこんなクラブ初心者ムーブをしていると、二曲終わったところで中曽根がこちらに戻《もど》ってくる。

「ごめんごめん、一緒にきてるのに」

「ううん、全然いいよー」

十色が首を横に振ると、中曽根はほっとしたように表情を緩《ゆる》める。

「あのDJやってる先輩《せんぱい》が、今日のお目当てかい？」

「そう。綾部《あやべ》先輩っていうんだけど」

「ただのファンじゃなさそうだね。知り合い？」

「うん。そうだね」

「えー、初耳だよー。うららちゃんの恋《こい》バナ、もっと早く聞きたかったよ」

「……いや、あの人は、そういうのじゃないから――」

言いながら、中曽根は綾部先輩の方へ目を向ける。

うっとりと彼を見つめる瞳《ひとみ》に、フロアを飛び散る光がキラキラと反射する。

「よかったら、聞きたいな。綾部先輩とのこと」

そんな十色の言葉に、中曽根は顔の向きはそのままこくっと頷いた。

「……ウチ、中学のときにこっちに転校してきたじゃん？　そんで、正直始めはそんなに周りと馴染《なじ》めなくて。十色と出会ってからは、毎日が楽しくなったんだけど……。でも、本当に気の置けない友達っていうの？　一緒にいて心から楽しめる友達っていうのが少なくて。今は十色と、楓《かえで》と、まゆ子くらい」

「いつもの最強面子《メンツ》だね」

「そう。だからまぁ、放課後とか結構暇《ひま》してたんだよ。ほら、みんな忙《いそが》しいじゃん？　楓は春日部《かすかべ》にべったりだし。まゆ子もバイトばっかだし。十色も高校入ってちょっとしたらつき合いだしちゃったし」

「あー、ごめんよぉ。もちろんうららちゃんともめちゃめちゃ遊びたいんだよ？」

「やや、謝《あやま》らなくていいよ。そりゃあ、彼氏の方を優先してほしいし。と言いつつ、ウチらなんだかんだ遊んでるじゃん？」

抱き着いてくる十色の頭を、ぽんぽんと撫《な》でる中曽根。

「で、まぁ、夏休み入る前とかは、中学のときちょいちょい遊んでた子たちの集まりなんかに顔出したりもしてたんだけど。それもなんか退屈《たいくつ》だなーと思い始めて。そんな中、ちょうど海の家でバイトさせてもらう前くらいだね。あの人と出会ったの」

「へぇ、バイトの前くらい……」

十色がそう繰《く》り返す。

「そう。街で、多分最初はナンパみたいな感じだったんだけど、声かけられて、暇だったから喋《しゃべ》ってて。そしたら同じ学校ってわかって。むこうは三年で、当時ちょっとウチらより は余裕《よゆう》ある感じで、なんだか喋ってると居心地《いごこち》よくて。んで、毎日退屈してるって言ったら、俺がお前を楽しませてあげるって言われてね。その次の日も会うことになって、このクラブを教えてもらった」

俺は黙《だま》って耳を傾《かたむ》けていた。多分、中曽根は十色に向けて話しているので、相槌《あいづち》を打つのは違う気がするんだよな……。なんというか難しい。

「ここに通ってるとさ、退屈はしないの。それなりの知り合いはいっぱいできたし。や、でもそれよりも、ここにくれば綾部先輩に会えるって考えたら、毎日起きたときからうきうきするようになってた」

「おお！　いいじゃんいいじゃん、それって恋じゃん」

嬉《うれ》しそうに弾《はず》んだ声で、十色が言う。

中曽根は十色を見て、うっすらと微笑《ほほえ》んだ。

「恋、なのかもしれないけど……。まぁ、一方通行というか、片想《かたおも》いだから」

「え、そうなの……？」

「うん。先輩は……今、夢に向かって頑張《がんば》ってるところだから」

再びすっと、ステージの方に目を向ける中曽根。

「夢、ってＤＪ？」と十色。

「そう。出会ったときから、あの人は努力してた。クラブって空間が好きで、きてくれた人全員をハッピーにしたいって目標を持って。それでウチをクラブにつれてってくれたのかってわかったけど。でも、夢に向かって頑張る先輩はキラキラしてて、目が離せなかった」

目標を持って、夢に向かって頑張る……。

俺ははっとして、ＤＪブースの奥で手首を回すように振る綾部先輩を見る。

あそこにも、何かに向かって努力をしている人がいた。なるほど、と思う。夢を追いかけるのも、自分を磨《みが》くことの一つだ。

「うららちゃんはその夢を応援《おうえん》してるってことかー」

「うん。てか、頑張ってるのを邪魔したくないって感じ」

言って、どこか遠い目で先輩を眺めていた中曽根だが、突然ぱんと手を打ってこちらを向く。

「ただねただだね、一番近くで見ててほしいって言われたの」

「え、待って、それって！」

「うん！　クラブ終わりに二人で会ってたときにね、夢叶《かな》えるのを、ずっとそばで見ててくれって」

「やばっ！　それ勝ちだよ勝ち」

きゃーと言って、中曽根の手を握《にぎ》る十色。中曽根も嬉しそうに笑ってそれに応じ、身体の前で両手を繋《つな》ぎ合うようなポーズになる。

「それでまぁ、そんな感じなんだけど」

「なるほどなるほど。めちゃめちゃいい話聞けたよ。てか、初耳だらけだったし。なんで教えてくれなかったの？」

「んー、なんというか、ウチのはまだ、恋バナの『こ』の字未満の話というか。基本クラブでちらっと会うだけで、みんなみたいに一緒に遊びにいって、どう進展してー、とかいうドキドキする話はできないしさ」

「えー、そんな感じでも聞きたいよ！」

「ありがと。……ウチの憧《あこが》れはさ、やっぱり十色だから。十色と、それから真園《まぞの》みたいに、いつか、大事な人との時間を大切にすごせるようになりたいなって」

「おおう、うららちゃん、いきなりなんか恥ずかしいな」

ほんとに。俺まで妙にドキッとしてしまった。

「でもでも、これ聞いちゃったらこれからの進展とかも知りたいから！　また学校でも話してね」と十色。

「うん。する。話す」

「約束！」

どうやら綾部先輩との馴《な》れ初《そ》め的な話はおしまいのようだった。締《し》めのような会話に入りつつある。

そこで、俺はようやく口を挟《はさ》むタイミングを得た。

「あー、それで、俺たちがここに呼ばれたのって……？」

中曽根が俺を見る。それから十色を見て、はっと瞳を大きくする。

おい、恋バナに夢中で本題忘れてただろ。

「そうそう、それなんだけど。そろそろ十色に先輩のことを話したいと思ったのも一つ。ただ、もう一つ、お願いしたいことがあって……」

「うん！　わたしにできることならなんでも言って」

「ほんと助かる。……えーとね、このあとさ、先輩出番終わったら、知り合いのスタッフさんに言って楽屋に通してもらおうと思うんだけど。そこで、十色はファンの子のフリして、ウチのいないところでタイミングを見計らって、先輩がクリスマス何ほしいのか訊いてみてほしいの」

「それってあれだ！　サプライズ！」

「そう！　驚かせたいって思っていろいろ考えてたんだけど、何あげたらいいかほんとわかんなくて……。あの人基本、音楽のことしか興味ないって感じだから」

「あ、本屋で音楽系の雑誌めくってたのって」

「それまさに……なんかいいプレゼントないかなーって」

中曽根は眉《まゆ》をひそめた苦い表情を浮かべる。

「ふむふむ、了解《りょうかい》りょうかい！　わたしに任せなさーい」

言って、十色は自分の胸をどんと叩《たた》いてみせた。

「ありがと、十色。ほんと、助かる」

中曽根が拝むような仕草を見せ、十色が笑う。教室でもよく見かける光景、仲のいい二人だ。

このクラブにつれてこられ、いろいろなことが明らかになった。中曽根の恋の話に、現在進行形での困りごとも。

そしてそれを知った上で、俺は一人考える。

――やっぱり俺、ついてくる意味なかったんじゃ……。

「『まぁねー、一番ほしいのは服って感じかなー。DJの機材や曲の準備なんかにバイト代回して、ファッション面がおろそかになってる感じだから。でも、実際のところは気持ちだけで十分って感じ。最高。ありがとう！』——とのことです」

綾部先輩から聞き出してきた情報を、十色が再現度の高い声真似《まね》で忠実に中曽根に報告した。

「わぁ、先輩じゃん」

「にしても、服か。全然考えなかったな……」

目から鱗《うろこ》といった感じの驚いた表情を見せた中曽根は、何か考えこむように視線を落として顎《あご》を指で挟む。

しばしそのポーズでいたあと、はっと口を開けながら俺たちを見た。

「あ、ごめんごめん。今日はありがと。マジで。ほんと、助かった。ウチだけじゃわかんなかった。一生音楽雑誌見て頭抱《かか》えてた」

「いえいえ、よかったよかった。服選び、頑張らないとだね」

「それなら大丈夫。ちょっと考えただけで、あの人にしてほしい服装いくつもあったから。むしろラッキー的な」

「それなら安心だ」

笑い合い、片手でハイタッチをする十色と中曽根。

これをもって、中曽根から与《あた》えられた緊急《きんきゅう》クエストは、無事クリアとなった。

帰り道。

先輩を待つという中曽根と別れ、クラブから二人で帰路についた俺と十色は、すっかり暗くなった住宅街を歩いていた。

通りかかった家の庭先に置かれたゴールドクレストの鉢植《はちう》えに、イルミネーションが施《ほどこ》され、色とりどりの光が点滅《てんめつ》している。

それを見た十色が、ごく自然に口にした。

「クリスマスかー」

これはチャンスだ、と思った。

タイミングをずっと探《さぐ》っていたが、今しかない。俺はこくりと静かに唾《つば》を飲む。

これは聖なる一日を十色とすごすための、正真正銘《しょうしんしょうめい》の第一歩。

「あー……そういえば十色って、二四日か二五日って暇なのか？」

俺がそう訊《たず》ねると、十色がはっとしたように俺の顔を見上げてくる。

「うん……うん！　もちろん空いてるよ！」

「よかった。じゃあ、俺と——」

「楽しみっ！」

「まだ最後まで言ってないが……」

一二月二四日、クリスマスイブの日。

俺はなんとか十色と約束を取りつけた。

デート当日まで、やるべきことや決めなければならないことはたくさんある。必ずなんとかしなければと、俺は心の内で改めて誓《ちか》ったのだった。

〈4〉一番したいこと――

放課後の居残り。

そう聞くと、テストで悪い点をとったり、何かやらかして先生を怒《おこ》らせたりしてしまったような印象を受ける。

じゃあなんだ、放課後の呼び出し、だろうか。

いや、それだけ聞くと、今度は何か甘酸《あまず》っぱい青春の香りがしてくるというか。ラブレターをもらって『体育館裏で待ってる』的な。

全然違う。呼び出しは呼び出しでも、今回は先生からの呼び出し、だ。となると、やっぱり何かやらかした感が出てきてしまう。

結局変な言い回しをせずに、面談、の一言でいいじゃないか――。

そんなことを、俺は廊下《ろうか》に立ちながらぼんやりと考えていた。

二年次のコース選択《せんたく》に伴《ともな》い、今週月曜日から金曜日まで、放課後に担任との面談が実施《じっし》されていた。中曽根《なかそね》と同じ日を選んだ十色《といろ》とは日程が分かれてしまい、今、俺は一人、この廊下で自分の順番が回ってくるのを大人しく待っている。予定時刻の五分前を目がけてきたのだが……どうやら時間が押《お》しているらしく、中々先に入っている人が出てくる気配がない。

現在、一六時半をすぎたところ。教室の、運動場側の窓からは斜陽《しやよう》が差しこんでいる頃《ころ》だろうが、廊下の窓の外を見ればまだ青い空が遠くに広がっている。

中庭を、ランニング中のサッカー部が通りすぎていった。ベンチに座《すわ》っていた女子二人が手を振り、走っている集団の中の数人が振り返す。

そんな些《さ》細《さい》な一幕を、こっそり盗《ぬす》み見する気分で眺めていた俺は、

「よっ、旦那《だんな》」

いきなり後ろから声をかけられて思わずびくぅっとしてしまった。

最近、この呼び方をしてくるのは猿賀谷《さるがや》だけではない。奴《やつ》の真似をして、楽しげに呼んでくる奴が一名。

「お前、今日面談だったか？」

俺はそう、階段を上がってきたらしいまゆ子に訊ねる。

「ううん。今日は部活だ。でも、教室に忘れものしてしまって取りにきた」

「教室、今は入れないぞ？　個人面談中だ」

「あっ、そうだ、忘れてた！」

口許《くちもと》を「うげっ」と歪《ゆが》めるまゆ子。見事な変顔だ。

「多分、今の人が終わったときに入れてもらえるんじゃないか？」

「そうだなー、待つか」

言って、まゆ子はぴょんと俺の隣《となり》に並んできた。廊下の壁《かべ》にもたれかかる。

「…………」

「…………」

「……なんか喋ろうぜ、旦那」

一分も持たず沈黙《ちんもく》に耐《た》えかねて、まゆ子がそう声をかけてきた。俺の方はこのまま面談の順番が回ってくるまで余裕だったのだが。

喋ろうって言われても、何を話すか……。

「あー……。部活なんてやってたのか？」

「うははは。それ、さっきのタイミングで訊かなかったってことは、ほんとに興味ないだろ」

「い、いや、そんなことは……」

「目が遠泳してるぞ。ちなみに茶道部《さどうぶ》だ。まぁ、毎週月曜日しか活動してない部活なんだけど」

「へぇ、そうだったのか」

十色の周りだと、中曽根が一応テニス部（幽霊《ゆうれい》部員がちらしいが）に入っていることくらいしか知らなかった。

まゆ子が茶道部……。

「……茶道部ってあれだよな。着物とか着るんだよな？」

「ああ、なんかイベントごとの日は着るぞ？　二ヶ月に一回、お茶の先生がきてくれる日とか」

「へぇ」

着物姿のまゆ子。……あまりイメージが湧《わ》かないな。似合わないとか、そういうわけではないと思うのだが。なんというか、スポーティな格好の方がしっくりくる感じ。

そんなことを考えていると、まゆ子がにやにやした顔をこちらに向けてくる。

「あ、旦那、着物の話聞いて、なんか変なこと想像しただろ？」

「いや、想像できなかった」

「できなかった⁉」

まゆ子がずんと肘で俺の腕《うで》を突《つ》いてくる。申しわけない。

「まったく……。まぁ、真園《まぞの》っちはといろん一筋なわけだからな」

「そうそれ、それだ！　その通り。なので、他の女子の着物姿を想像とかはちょっと罪になる」

「なんか急に嘘《うそ》っぽ」

言って、まゆ子はまた笑ってくれる。

やはり、まゆ子は十色以外で数少ない、二人で話していてもなんとか会話の続く女子だ。気を張らずにいられる。

「ところで真園っちは、もうといろんへのクリスマスプレゼント、考えたのか？」

「いや、まだだな……」

数日前、ようやくクリスマスに遊ぶ約束をしたところなのだ。ただまぁ、プレゼントもそろそろ決めていかないとまずいのだが……。

「そっちこそ、猿賀谷に何か渡すのか？　てか、猿賀谷とクリスマスすごせそうなのか？」

そういえば、猿賀谷がまゆ子を誘《さそ》いたいと言っていた。あの話はどうなっているのか。

「うん、聞いて！　実はな、猿賀谷くんの方から誘ってくれたんだ。『まゆ子ちゃん、クリスマスってどんな感じ？』って。めちゃめちゃ驚《おどろ》いた！　嬉しかった！」

「おお、ほんとか！　よかったじゃないか！」

どうやら、猿賀谷も順調に、まゆ子へのアタックを進めているらしい。なんだか俺までほっとしてしまう。

「よかった！　ほんとに！　でも、プレゼント、あたしも悩《なや》み中なんだ。何がほしいのか全くわかんなくてな」

「あー……」

猿賀谷がほしいもの……。くそう、エロ本かアダルトＤＶＤしか思いつかん。奴が普段《ふだん》からほしがっているものはそんな感じだ。

しかしながら、その理論でいくと、十色はいつも漫画《まんが》やラノベなんかをほしがっている。あと、お菓子《かし》とか。ただ、今回それをあげるのは違う気がする。

自分たちが今年迎《むか》えるクリスマスは、カップルとして初めてのクリスマスなのだ。まだ一応（仮）なのだが。そこを踏《ふ》まえると、これまで通りではいけない気がする。

「いろいろ調べてみたんだけどなー。ほら、まだあたしたちカップルとかじゃないから……。そこまで気を遣《つか》わないものがいいのかなーとか」

反対に、まゆ子はまだ恋人《こいびと》未満の状況《じょうきょう》でのプレゼント選びで悩んでいるらしい。

「あー、あんまりがっつり値段の高いものとかもらっちゃうと、プレッシャーに感じるかもな」

「そうそう、そうなんだよ！　だけどお金をかけずってなるとさ、余計にセンスを要求されるというか。真園っちたちはいいよなー。つき合ってたら、いろいろ選択肢《せんたくし》が増えるだろ？」

「そうか？　例えば？」

「そりゃあほら、やっぱおそろいじゃないか？　おそろいの、アクセサリーとか。これもさ、カップルさんならいいんだけど、つき合ってないとちょっと荷が重かったりしちゃうかなーなんて思ったり。や、もらったらとても嬉しいんだけどな？」

「アクセサリーか……」

「ネックレスとか、ブレスレットとか、といろん絶対喜ぶと思うぞ」

「なるほど……」

アクセサリーなんて自分ではつけたことないのでよくわからないが、十色は確かによくピアスやネックレス、ブレスレットをつけている。

まぁ喜んではくれるだろうが、十色のことだから、ほんとに欲《ほ》しいと思ったアクセサリーはすでに自分で購入《こうにゅう》しているのではないだろうか。

……何か、自分にしかあげられない、そんなものはないだろうか。

教室の扉《とびら》が開き、面談していた者が出てくる。まゆ子との話も終わりだ。

最後、

「猿賀谷、結構おしゃれ好きだから、服とか喜ぶかもな。もしサイズとかわからなければ、そっちの調査なら協力するぞ」

あくまで参考に、とまゆ子に伝えておく。

「旦那……。ありがとう、いい奴だな。お互《たが》い頑張ろ」

言って、まゆ子が拳《こぶし》を突き出してくる。俺たちはこつんと軽くグータッチをした。

なんか自分に似つかわしくないことしてるな……。

そんなことを考えつつも、それなりに青春っぽいことができたという高揚《こうよう》感を胸に、気持ちよく教室に入っていく。

俺が扉を閉めたあとで、廊下からまゆ子の声が聞こえてきた。

「待って！　忘れもの取りにきたんだった！」

＊

結局、面談では大した話はしなかった。

『さぁて真園、何か悩みごとはあるかい？　あー、いやいや、別に進路に限った話じゃないぞ？　なんでもいい。部活のこと、家庭のこと、塾《じゅく》のこと。それに恋愛《れんあい》のこと、筋肉のことだって、なんでも相談に乗ってやろう』

体育教師である担任の升鶴《ますつる》は、俺《おれ》が席に着くなりそう口火を切ってきた。白い歯を見せ、にっこりと笑いかけてくる。

『あー……。特にないです』

『そう遠慮《えんりょ》するな。なんでもいいんだぞ？　友達関係、バイト先の上下関係、バルクアップにおけるトレーニングと休息のバランス関係』

『あー……。（あなたに訊《き》くことは）特にないです』

『つ、つれないなぁ……』

担任ガチャ、失敗だったか……。あと、いつになったらまともな進路相談が始まるんだ。

なんとなく、これまでの面談時間が押してきていた理由がわかった気がした。

それに、進路について、悩んではいつつも、別に担任に話して解決するようなものでもない。

気のいいというか、おせっかいというか、生徒のことを気にかけてくれている教師ではあるのかもしれないが……。

愛想《あいそ》笑《わら》いかつ苦笑いを駆使《くし》し、俺はなるべく時間をかけずその面談を終わらせることに徹《てっ》したのだった。

昇降口《しょうこうぐち》に着くと、辺り一面、景色が夕焼け色に染まっていた。

その茜色《あかねいろ》の中、はめ殺しのガラスにもたれる格好の黒い人影《ひとかげ》があった。

あいつ……。

すると敏感《びんかん》に視線を察知して、その人影が振《ふ》り返る。ガラス越《ご》しに、軽く手を上げて見せてきた。

逆光で見えないが、多分イケメンらしい爽《さわ》やかな笑顔《えがお》を作っているのだろう。

俺が外に出ると、その人物――春日部《かすかべ》が、案の定話しかけてくる。

「一人かい？　てことは、今日、キミも面談か」

「……そう言えば、俺の二人あと、船見《ふなみ》だったな」

「そうそう。それで、健気《けなげ》に彼女の帰りを待っているわけさ。今日は部活が休みでね。

……十色ちゃんは？」

「今日は友達と先に帰った」

靴《くつ》のかかとを直し、歩きだそうとすると、

「ちょっと時間潰《つぶ》しにつき合ってくれよ。楓《かえで》、キミが終わって、次の次なんだろ」

再びそう、呼び止められた。

時間潰しくらいスマホ一台あれば十分だろ、と思うのだが……。

「別に、話すことないが……」

「そんなの適当さ。面談はどうだった？」

俺の暗に張り巡《めぐ》らせた拒絶《きょぜつ》が通じず、春日部は話を続けてくる。

鈍感《どんかん》なのか、それとも、それもわかった上でなのか……。

まぁ、特にこのあと用事はない。考えごとをしながら、一人ゆっくり歩いて帰る予定だった。それが少し遅《おく》れたって問題はない。

俺は仕方なく足を止めた。

「面談なんて、特に実のある話はしなかった。悩みはないか、将来の夢はあるか、希望進路はもう決まっているか、とか。全部、はい、いいえで答えて終わった」

「キミは対教師戦、最速攻略《こうりゃく》でも狙《ねら》っているのかい？」

言って、春日部は笑う。

「だからまぁ、船見もすぐくると思うぞ？」

それじゃあ、と言って立ち去るタイミングだったが、

「まぁまぁ、そう言わず。キミの次の順番の子と、楓が、面談の最適化ができてるとは限

らないだろう？　で、二年のコース分けはどうするんだい？」

そう、まだ春日部は話を続ける。こいつ……。これはこれで、意外と俺の扱《あつか》い方《かた》をわかっているのかもしれない。

「コースは多分文系か……。でも、進みたい進路も決まってないし、別に理系でも構わないっちゃ構わない」

「へぇ、理系に行ったらボクとは同じクラスになれないね」

「同じクラスになったら友達になってくれんのか？　お昼一緒《いっしょ》に食べてくれんのか？」

「ははは、誘ったらキミの方が断るんじゃないのかい？」

本当によくわかってる。冗談《じょうだん》の通じる奴でよかった。

「そっちは文系なのか？」

「まぁ、そうだね。理系の授業は苦手だから。あと、ボクの進路的にも文系があってるかな」

「進路決めてるのか？」

俺は気になり、つい食いつくように訊ねてしまった。春日部はにこっと微笑んで、「ああ」と頷《うなず》く。

「一応、美容師になりたくてさ。専門学校に進むつもりだから、勉強はそこそこでいいかなって感じ」

「美容師、か」

俺は思わず繰り返す。それが春日部の夢らしい。

直感だが、似合ってる、と正直思った。

「美容に詳《くわ》しくなって、もっとかっこよくなりたい。彼女《かのじょ》である、楓のために。――それに、ボクのように自分を変えたいと思っている人の、手伝いがしたいと思ったんだ。これがやりたいっていうのがはっきりすると、すぐになりたい職業は決まった」

後夜祭のときの、ステージで輝《かがや》いていた春日部の表情が脳裏《のうり》によぎる。

なりたい自分を目指すための努力を、彼は惜《お》しまない。だからこそ、成功する未来が見える。

「すごいな……」

自《おの》ずと、ぽつりと呟《つぶや》いていた。

「ん？　何かな」

聞こえなかったようで、春日部が訊き返してくる。

そのとき、

「お二人さん、仲いいですね」

開きっぱなしのガラス扉から、船見が姿を現した。絹糸のようにさらさらの黒髪《くろかみ》が、風にふわりと舞《ま》う。俺と目が合うと、「やぁ」と軽く手を上げてきた。

「おつかれ、早かったね」と春日部。

確かに、思っていたよりも早かった。どうやら彼女もあの筋肉教師をベストタイムで攻略してきたらしい。

「お話し中、邪魔《じゃま》しちゃった？」

「いや、大丈夫《だいじょうぶ》。ちょっと世間話をしてただけだ」

待ち人きたりとばかりに、春日部がずっと立っていたガラスのそばから離《はな》れる。船見は自然な動きでその横に。春日部に寄り添《そ》う。

正式につき合いだした二人は、仲よくやっているようだった。

二人の後ろをのそのそ歩いていくのも気まずいので、俺の方が先に校門を出ようと一歩踏み出す。

「行くのかい？」と春日部。

「ああ。グランプリカップルと一緒にいたら、目立って仕方ない」

通行人がみんな、ちらちらと春日部たちを見ていく。その視線を、俺も巻き添《ぞ》えになってぷすぷすと感じていた。まだ、名北祭《めいほく》からあまり日が経《た》っていないのだ。

「多分、準優勝のキミも、同じくらいの注目度じゃないかな」

頬《ほお》に指をあてながら、船見が言う。

「優勝か、それ以外かだ。あの大会に二位の選出なんてなかった。入賞者でもない俺たちはただの一参加者だった」

「そんなことないよ？　みんなキミたちを二位だと思ってる。十色は知ってるだろうね。すごい噂《うわさ》なんだよ。そのくらい、キミは熱いパフォーマンスをした」

ふふっと面白《おもしろ》そうに笑う船見。「愛のこもったな」、なんて春日部がつけ足してきて、急激に顔が火照《ほて》ってきた。

少し身を削《けず》りすぎたな……。

いや、しかし、そもそも目立つのを目的にやったことなのだ。十色を助けるという、本来の目標は達成できたはず。それならいいじゃないか。

俺は二人を軽くいなすように手をひらひら振って歩きだす。

二歩、三歩進んだところで、少し思うところがあり、ちらと後ろを振り返った。

「ありがとな」

俺にそう声をかけられた春日部が不思議そうな顔をする。

「何がだい？」

「あー……。世間話、してくれて」

奴はますます怪訝《けげん》な顔をする。しかし話はそこまでにして、俺は今度こそ歩き始めた。

みなまで言わなくていいだろう。恥《は》ずかしいのもあるし、自分の中でもはっきりと言葉がまとまらない。

ただ、学祭のときも、今日も。

何かを目指して努力する春日部に、自分が影響《えいきょう》されているのは確かなようだった。

もともと、今日は一人で、自分が今後どうするべきか考えながら歩いて帰るつもりだった。

クリスマスに向けて——自信を持って、十色にしっかりと思いを伝えるために——。

しかしながら……今後どうすべきかではなく、大事なのは自分がそもそも何をしたいのか、なのかもしれない。

考えながら歩いていると、自然と視点がぼーっと、どこか虚空《こくう》を見つめたままになってしまっていた。集中している証だ。気づいても俺は中断せず、思考を保つ。

何をしたいのか。

中曽根の想い人《おもびと》らしい綾部《あやべ》先輩《せんぱい》は、DJという夢を持って努力していた。クラブという空間が好きで、きてくれた人全員をハッピーにしたいという目標を持って。

春日部は、今度は美容師を目指して頑張っていくらしい。彼女のために、もっとかっこよくなるため。そして、自分と同じように自身を変えたいと思っている人の、手助けをするため。

俺はいったい、何がしたい？

その先に、目指すべきものがある。そして、努力すべき道が続いている。

俺が、一番したいこと――。

晩飯が終わり、風呂《ふろ》に入ると、ようやく一息つくことができた。

普段十色《といろ》と猿賀谷《さるがや》以外の人と一対一で喋《しゃべ》る機会など滅多《めった》にないのだが、面談があった今日は、まゆ子、春日部《かすかべ》、おまけに船見《ふなみ》という、俺にしては前代未聞《ぜんだいみもん》の人数と会話をした。快挙である。

……疲《つか》れたな。

少しベッドに横になり、毛布をかぶりながらスマホをいじることにする。ちょっと休憩《きゅうけい》のつもりだが……このまま寝《ね》てしまう自信がふつふつと湧いてくるのは気にしなくていいよな。

今日はもうなるようになれ。

そんな覚悟《かくご》を決めてベッドに潜《もぐ》ったのだが……。

「こんこんこん、失礼しまーす」

「ドアを開けてからノックの音を言っても意味ないぞ……」

「えへへへ」

お隣さんの十色さんが、このタイミングで入室してきた。

「お母さんがね、寝るなら電気消して寝なさいって言っといてーって」

「寝落《ねお》ちしかけなのバレてたか……」

「ごめんねぇ、睡眠妨害《すいみんぼうがい》しちゃって」

言って、やははと笑う十色。ちょこんとベッドの脇《わき》に座る。

そのどこか恭《うやうや》しい態度を不審《ふしん》に思いながら、俺は身体を起こした。

「どうしたんだ？」

「んー……。特に何もないんだけど――」

ちらりと十色がこちらに視線を流してくる。何か含《ふく》みのある言い方だ。

「なんだ？」

「やー……。会いたくなったからきちゃった、って感じ？」

「お、おお」

「あ、ドキッとしたでしょ、ドキッと」

楽しそうに言って、十色が俺の顔を覗《のぞ》きこんでくる。

「べ、別に――」

いや、まぁ、したにはしたが……。なんだか認めるのが恥ずかしく、俺が目を横に逸《そ》らしていると、

「わたしもだよ」

そんな優《やさ》しい声音《こわね》が耳に届く。

「え？」

「わたしも。ここにくるまでの間からめちゃめちゃドキドキしてた。なんか、久しぶりに会う感覚で」

「あー、わかるかも。今日、珍《めずら》しく一緒に帰らなかったから」

「でしょでしょ！　うららちゃんと途中《とちゅう》で別れて帰ったんだけど。家に着くまで、一人だと寂《さび》しかった」

「いつも家まで一緒だからな。確かに、俺もそんな気分だった」

正直、十色が部屋にきてくれた瞬間《しゅんかん》、その顔を見たとき、とても嬉《うれ》しかった。ドクドク心臓が激しく脈打つのを感じていた。

――十色にこんな感情を抱《いだ》くようになるなんて、ただの幼馴染《おさななじみ》だった頃には想像もできなかったが……。

そして十色も同じようなことを考えていたのか、

「わたしたち、最近、浮足立《うきあしだ》ってるよね」

そんなことを口にする。

「確かに、そうかもしれない」

「ねー」

同意を得て、十色が再びあははと笑った。

「だから今日は、あえて普通《ふつう》の幼馴染ムーブをかましにきました」

「かましにきたのか」

「うん！　ちょっと、本来のわたしたちも大事にしたいって思ってね」

言いながら、十色は立ち上がりテレビの方へ。ゲーム機のスイッチを入れる。「はい」と、コントローラーを一つ、振り返って渡《わた》してくる。

「なるほど。……じゃあ、いつものあれか？」

「やろやろ！」

ボタンをぽつぽつ押していくと、不朽《ふきゅう》の名作と言われているコマンド選択式《せんたくしき》ＲＰＧのオープニング画面が立ち上がる。最近、古い作品をやってみようと、二人で買ってきて始めたのだ。

「待って、これ、めちゃめちゃいいところで終わってたじゃん」

「そうなんだよ。どれだけ一人で進めてやろうか迷ったことか」

「あんたそれでも人間か？」

「耐えたんだからセーフだろ」

そんなことを言いつつ、前回の続きからゲームを進めだす。

夜も中々いい時間ながら、二人で急遽《きゅうきょ》ゲームタイムが始まってしまった。明日も学校なのだが……。

あーだこーだ意見を出し合いながら、ゲームを攻略していく。

俺がコンボを決めて敵を倒《たお》し、十色が拍手《はくしゅ》をする。十色がコントローラーを握《にぎ》ってダンジョンをクリアしたときは、華麗《かれい》なドヤ顔を決めてきた。知恵《ちえ》を絞《しぼ》り合って勝ち筋を見出《みいだ》し中ボスの一人を撃破《げきは》したときは、自然と二人でグータッチをしていた。

「まだ時間あるな」

「次の面もいっちゃおう！」

「噂ではこのダンジョンの敵、結構鬼畜《きちく》らしい。コントローラー投げたって呟きＳＮＳで見たぞ」

「ものにあたるなんてバイオレンス。けしからんなー」

「とか言って、お前、この前俺とマルオレースして負けたとき、俺の枕《まくら》バシバシ叩《たた》いてなつけてやろ！」

「冗談じゃん、冗談。そんなことより早く次の面、わたしたちのコンビネーションを見せ

「俺に見立ててたのか!?　バイオレンス！」

「そ、それはセーフじゃん。枕だし。枕を正市《まさいち》に見立ててパンチするくらいは」

かったっけ」

時間が経つにつれ、ゲームはどんどん白熱していく。

最近、こうして夢中になってゲームをする感覚を少し忘れていた気がする。学祭の準備が忙《いそが》しく、家でゲームをしながらも出しものについて話し合ったり、思いついた案を試《ため》したり。あまりゲームだけに集中できていなかった。

今は俺と交替《こうたい》し、十色がコントローラーを握っている。俺はこっそりと、その横顔に目を向ける。

テレビ画面を見つめながら、不敵に微笑《ほほえ》んでいた十色。それが驚いたように目を見開き、ぽかんと口を開け、んーと悩み顔になる。かと思ったら「あっ！」と叫《さけ》んで指をさし、にっと笑って俺の方を見てくる。

「今のはわたしのファインプレイじゃない？」

「ああ、すごかった。……てか、ちょっとぼーっとしてた」

「えー、ちょいちょい、ぼけっとしてたらこの草原に置いてっちゃうよ！　今晩には魔物《まもの》の餌食《えじき》だよ」

「それは困る。俺がここでやられたら誰《だれ》が村を救うんだ」

「ふっふっふ、それでこそ勇者正市だ。さぁ、行くぞ！　村民たちのために！　奴らの潜《ひそ》む洞窟《どうくつ》はすぐそこだ！」

十色が元気よく言って、おーと右手を斜《なな》め上に突き上げる。

その姿を見ながら、俺は一人、つくづくと思った。


——俺はこの、二人で好きなことに没頭《ぼっとう》する時間が、やっぱりとてもとても愛《いと》おしい。

自分のオタク趣味《しゅみ》に、十色が興味を示し、夢中になってくれた日を思い出す。あのときは本当に嬉しかったのだ。自分を認められ、救われた。それからは毎日が楽しくて仕方なかった。

俺は、この二人の時間が大切だ。そしてもし、今後正式に恋人同士になっても、変わらず十色を楽しませたい。ずっと、一緒に楽しんでいきたい。

——自分のやりたいことが見つかった。

同時に、その目標に繋《つな》がる、努力すべきこと――頑張《がんば》ってみようと思えることも思《おも》い浮《う》かぶ。以前から、少し考えてはいたのだ。決心がついたと言うべきか。

ぱっと、目の前が明るく開けたような感覚だった。


もし、ただの幼馴染同士のままだったら、ただただこの時間を当たり前にすごしていただけだったかもしれない。ふと、俺はそんなことを考える。

仮初《かりそめ》の恋人同士になって、改めてその大事なことに気がついた。この時間が、特別になった。今日、あえて幼馴染ムーブをかましにきてくれた十色も、同じような想いだったのではないだろうか。

「あっ、またぼーっとしてる！　もう洞窟突入《とつにゅう》するよ！」

「待て、一旦《いったん》セーブしとこう」

「忘れてた！　ナイス正市！」

セーフセーフと言って、笑いながら振り向いてくる十色。その表情を見て、俺も思わず頬を緩《ゆる》めた。

＊

ゲームが一区切りついたところで、俺たちは漫画、ラノベタイムに入った。

時刻はあと四〇分で日付が変わろうかというところ。明日の学校に備え、そろそろ解散しなければならない時間帯だが、なんだか名残惜《なごりお》しくて俺からは言いだせず……。十色の方も何も口にせず、床《ゆか》でベッドにもたれながらラノベを読んでいる。

ローテーブルの上には、お茶の入ったマグカップが二つ。どちらも俺の家のコップだが、猫《ねこ》の絵が描《か》かれた方は昔から十色専用になっている。

「そういえば、クリスマスってなんかやりたいことあるか？」

俺はふと何気ない感じで、そう訊《たず》ねてみた。

ただ、これは重要な事前調査だ。今のところ、クリスマスの予定は何も決まっていない。十色の希望があれば、それに沿ったデートプランを考えようと思っていた。

しかし、

「んー？　特にないなー。わざわざ予定立てるのも大変でしょ？　なんかぷらぷら遊びに行く感じにする？」

十色の返事はそんなあっさりとしたものだった。小説の文字から目を離し、マグカップに手を伸《の》ばす。

「ぷらぷら……でいいのか？」

「いいよいいよ。あっ、せっかくだし港の方に遊びに行かない？　あっちにもたくさん買い物できるところあるんだよ？　いつもの駅前のショッピングモールもいいけど、いつでも行けるしねー。あと、多分あっちの方が、クリスマスっぽい雰囲気《ふんいき》は出てると思う。オーナメントとか」

「なるほど。了解《りょうかい》、そっち行こう！」

俺が頷くと、マグカップから口を離した十色がふふっと微笑む。

「なんかデートみたいだね」

「お前がそれを言うのか。……デート、なんじゃないのか？」

「えへへ。そだね、デートだ！」

正式にはまだつき合っていないけれど……だけど、だとしても俺たちは仮初の恋人同士だ。これはれっきとした、クリスマスデート。

目を細め、嬉しそうに笑う彼女を見ていると、二四日が楽しみで仕方なくなる。

――それまでに、準備しないと。

先程《さきほど》決めたとある計画を、再び心の中で思い描く。――やってやる。そのとき俺は、生まれて初めての武者震いを経験したのだった。

〈6〉

シェフ渾身の一皿

彼女らしいムーブで、正市《まさいち》とカップルらしいことをしたい。彼女らしいことをしてあげたい。

そんなことを考える一方、わたしは幼馴染ムーブも大切に思う。この前、久々にがっつり正市の部屋で遊んだけど、めちゃめちゃ楽しかった。

——正市はどんなふうに考えてるんだろ。

あの日以降、彼《かれ》はどこか忙しそうにしている。学校だけでなく、家でわたしといるときでも、スマホで調べものをしてたり、じっと考えこんでたり。そして放課後一緒に帰って遊んだあと、夜、何かに一生懸命《いっしょうけんめい》取り組んでいるようなのだ。昨日の夜中、ふと目が覚めたときに窓から確認《かくにん》してみたら、まだ部屋に灯《あか》りが点《つ》いていた。

なんとなく、勘《かん》だけど、何かの準備っぽい。もしかして、クリスマス関係？　わたしに何も話さず、訊いてもやんわり誤魔化《ごまか》してくるので、わたしが関わっていることは多分確か。なので、今はあまり詮索《せんさく》しないようにしておこうと思うのだが……。

……気になるな。

冬が深まりつつあるのに、今日はぽかぽか陽気で暖かい。

柔《やわ》らかい日差しが中庭に面する窓から廊下《ろうか》に差しこみ、窓枠《まどわく》の影《かげ》を作りながらリノリウムの床をほんわり照らしている。

こういう日のことを、小春日和《こはるびより》というらしい。先程化学の授業で先生が教えてくれた。小春日和って文字通りに春のお天気に使う言葉だと思ってたから、勉強になって面白かった。

今はその授業が終わり、化学室から教室に戻《もど》る途中である。うららちゃんとまゆちゃんがトイレに行くと言って、手を振って離れていった。わたしは楓《かえで》ちゃんと二人で渡り廊下へと入っていく。

にしても、この暖かさ、昼からの授業絶対寝ちゃうな……。

そんなことをぽーっと考えながら、青空の下を歩いていたときだった。

「もうあとちょっとでさー、クリスマスかー」

楓ちゃんがそう話を振ってくる。さっきまで会話はまゆちゃん中心で回っていて、わたしは後ろをついていきながら少しぼんやりしてしまっていた。脳を覚醒《かくせい》させるように、ふるふるとかすかに首を振る。

「だねー。楓ちゃんたちはどっか遊びに行くの？」

「うん。水族館行って、イルミネーション見に行こって話してる」

「え、おしゃれ！　すごい、本格デートって感じ！」

「あはは、何それ。十色《といろ》は？」

「わたしたちは全然、普通な感じだよー？　海沿いでショッピングしつつ、ぶらぶらって感じ？」

「いいじゃん。そっちの方が余裕《よゆう》ある感じで」

「そうかな？」

余裕……。この胸のふわつきからは、かけ離れた単語に思えるんだけど……。

むしろ落ち着きのある楓ちゃんに、わたしは訊いてみることにする。

「楓ちゃんはさ、春日部《かすかべ》くんに、彼女だからこそしてあげてることとかってある？」

「んー、急に何なに？　どうしたの？　お悩み中？」

「ややや、そんなんじゃないんだけど。単純に、他のカップルさんはどんな感じなのかなーって思うことがあって」

わたしが慌《あわ》ててそう言うと、なんとか誤魔化せたようで、楓ちゃんは「んー」と視線を右斜め空に飛ばす。

渡り廊下を抜《ぬ》けて、自分の教室のある南校舎に入った。四階へと、階段をのぼっていく。

「そりゃあまぁ、彼女だからこそできることは、やっぱりしてあげたいよねー。思いっきりぎゅってしてあげたり、甘《あま》えさせてあげたり、なんかあったら褒《ほ》めてあげたり。あとはまぁ、こんな真昼間から言えないこととか、ね。あーでも、彼女になる前からでもしてたかー」

言って、にやりと笑う楓ちゃん。

「な、なるほど……。あの、いちゃいちゃ方面以外では何かないですか？」

「んー？　じゃあ、手料理とか」

「りょ、料理かぁ……」

クッキング……。その言葉だけで効果抜群《ばつぐん》である。わたしにとって料理はカエルに蛇《へび》、草タイプに炎《ほのお》タイプ、スナイパーに接近戦。つまりは大苦手分野だ。

「私、晩ご飯とか結構作ってあげたりしてるよ？　一緒に作ったりも。まぁ、彼が一人暮らしだからっていうのもあるけど。あ、あと、お菓子《かし》作りなんかも喜んでくれる」

ぴっと人さし指を立て、楓ちゃんはわたしの方を振り返る。

「あー、お菓子。いいねぇ」

ネットで出てきた、彼氏《かれし》が彼女にしてほしいこと一覧なんて記事にも、お菓子作りと書いてあった。

料理に、お菓子作り。

慣れないことだけど、正市が喜んでくれるなら……。

「楓ちゃんって、すごいいい彼女になりそう」

「あはは、そう？　でもあれだよ。そうやって彼氏の喜びそうなこと一生懸命考えてあげることが一番大切だと思うよ。十色こそいい彼女じゃない？」

「楓ちゃん！　優しい！」

「いやいや、ほんとに思ってること言っただけ。それに、カップルがうまくいくかどうかって、相手の出方にもよるからねぇ。お互い、同じ熱量でいられればいいけど。ほら、自分ばっかり相手に何かしてあげたいしてあげたいだと疲れちゃうでしょ？　まぁ、尽《つ》くしたい派みたいな、そういうのが好きな子もいるっちゃいるけど」

ふむふむ。

楓ちゃんはなんというか、恋愛に対して熱くもあるし、冷静でもある。とても参考になる。

正市はどうなんだろう。わたしみたいに、何かしてあげたいなんて考えてくれてたりするのだろうか。

そもそもまだ、ほんとにつき合いだしてはないんだけど。

――わたしたちは、どんなふうに進んでいくんだろう。

不安はない。わたしの胸に立ちこめていた雲は、学祭の日に正市が払《はら》ってくれた。

従って今、未来のことを想像すると、お腹《なか》の奥《おく》で無性《むしょう》にうずうずする感覚だけが湧《わ》いてくるのだった。

☆

――待って、まだ心の準備できてないんだけど。

その日の学校の帰り道、わたしはパニクっていた。

正市が、いきなりこんなこと言いだすから。

『今日、俺《おれ》の家、親が二人とも泊《と》まりの仕事がかぶってさ。星里奈《せりな》も夜遊びに行くらしいから、今晩は珍しく誰もいないんだよなー』


初めてなのに……。緊張《きんちょう》する。心の準備が……。でも、頑張るしか……！

うまくできるかな……。

こんなに早く、チャンスが到来《とうらい》するとは思っていなかった。

今日、その話をしたばかりなのに。

でも、こうなったらやるしかないよね——。


——料理。


「ねね、それならさ、晩ご飯一緒に食べない？」

わたしはとと っと正市の半歩前に出て、彼の顔を覗きこむ。

「いいぞ？　どっか行くか」

「ううん、作らせて！」

あ、今あからさまに「え」って顔した。

「心配ないよ！　わたしやればできる子だから！」

「あー、まぁ確かに。今まで料理する機会なかったってのもあるよな」

「おお、正市！　わかってくれるか！」

大丈夫、レシピ通りに作るだけだ。アレンジとかはやめた方がいいって、楓ちゃんが言ってた。これまでやってこなかったから、変に苦手意識があるだけなのだ。

「じゃあ買いものして帰ろ？」

わたしがそう誘《さそ》うと、正市は頷いてくれる。

「ああ」

「何食べたい？」

「あー、じゃあまぁ、十色の得意料理で」

「ほうほう。シェフの気まぐれコースですね。……得意料理ならカップ麺《めん》とかだけど」

「おいシェフ。気が触《ふ》れたのか。お湯を入れるだけのものを料理と呼んでいいのか」

「味の保証はされてるよ？」

「それはそうだがな！　また話が違《ちが》うだろ！」

「あははは」

わたしは笑いながら、内心ほっとしていた。何か難しい料理を指定されたらどうしようと思っていたのだ。

実は午後の授業中、密《ひそ》かに料理の投稿《とうこう》サイトをチェックし、作れそうかつ正市が喜びそうなメニューを探していた。これだ、と思うものが何個か見つかったので、今回はその内の一つに挑戦《ちょうせん》すればいい。買うものもだいたい頭に入っている。

「じゃあ、お任せってことでいいかな？　正市が好きそうなメニュー作ってあげよう！」

「ああ。本当にいいのか？」

「うん、任せて！　よーし、スーパーにゴー！」

わたしはそう言って、ブレザーを軽く腕《うで》まくりする。

苦手意識は克服《こくふく》せねば。いずれはできるようにならないと。

ていうか、正市のためなら頑張れる。よーし、やるぞ！　って気分になる。

学祭でのカップルグランプリのとき、作ったのはおかゆだったけれど、正市は『うまい』って言ってくれた。あのとき正直、めちゃめちゃ嬉しかった。

――今日も聞けるといいな。

「頑張ろ」とわたしが呟くと、正市がこっちをちらりと見て、「楽しみだな」と言ってくれる。

それだけで、ぽわっと胸が温かくなった。

☆

二人で買いものをした荷物を持って、夕暮れの街を一緒《いっしょ》の家に帰る。

それだけで、なんだかめちゃめちゃエモかった。

なんというか、熟練のカップル感？　というか大人感？　高校生から一歩踏《ふ》み出した気分でウキウキしちゃう。

例えば、もし、高校を卒業して、同じ大学に通うようになったりして、そしたら一緒に買いものをしてこうして帰るのが普通になったりして。

その姿を想像するだけで、心の底から得も言われぬ多幸感に満たされる。

「正市のお家のキッチン借りていい？　うちだと今頃《いまごろ》お母さんが料理してると思うから」

「ああ、もちろん。多分調味料も揃《そろ》ってるはずだ」

「ありがと。あっ、正市は部屋で待っててね」

「えっ、なんか手伝うぞ？」

「いやいや、大丈夫。驚《おどろ》かせてやりたいのだよ！」

正直、失敗するとこ見られたくないってのが大きいけど。……あと、最近正市は夢中で何かに取り組んでいるようで、それを邪魔したくないっていうのもあった。部屋で自由にして待っていてほしい。

何か言いたげな表情の正市を、いいからいいからーと受け流す。

重い方の荷物は、率先《そっせん》して正市が持ってくれていた。優しい。お菓子の入ったビニール袋《ぶくろ》を大きく振《ふ》って、わたしは軽い足取りで歩いていく。

そんなこんなで家に到着《とうちゃく》し、手を洗って買ってきたものを片づけると、わたしは料理に取りかかった。

『「創作」とか「試行錯誤《しこうさくご》」とか、素人《しろうと》の料理には必要のない単語だからね』

料理が苦手というわたしに、楓ちゃんがくれた言葉だ。

無駄《むだ》なことは考えないように、レシピの手順に忠実に。

スマホを脇に置いて睨《にら》みつつ、一つひとつ確実に作業を進めていたときだった。

「おっ、珍しい光景だ。何？　嫁入《よめい》り準備？」

正市のお姉さんのせーちゃんが、キッチンに入ってきた。寝間着《ねまき》姿で、この時間まで部屋でダラダラしていたようだ。

「よ、嫁……。ややや、ちょ、ちょっと料理してみたい気分になって」

「へー。おいしそうな匂《にお》いしてるじゃん。正市は？　あいつ、とろちゃんに料理させときながら何してんの？」

「ややや、そんなサボってるとかじゃないよ。驚かせたくって、わたしが部屋で待っててってお願いしたの」

わたしがそう答えると、せーちゃんは驚き顔でわたしを見る。眠《ねむ》たげだった目が見開かれ、ぱちぱちと瞬《まばた》く。

「とろちゃん、あんたいい子だねぇ。彼氏のためにそんなこと……。こんな時代にそんな彼女《かのじょ》いないよ？　絶滅危惧種《ぜつめつきぐしゅ》」

「絶滅しかけなの!?　保護してもらわないと」

「保護する保護する。え、嫁にくる？」

「おお、お姉さんの了解いただいちゃった」

ご家族という外堀《そとぼり》を順調に埋《う》め立て中、などと思っていたら、

「違うちがう。正市じゃなくて、あたしの嫁に」

「せ、せーちゃんの!?　それはまた話が難しくなってくるよ」

「あははは。冗談《じょうだん》じょうだん」

そんなふうにからかわれる。

「ま、皿洗いくらいはあいつにさせなよー？　ほら、働かざるもの食うべからずって言うじゃーん？」

言いながら、せーちゃんは冷蔵庫を開け、缶《かん》のハイボールを取り出した。……確かこのあと遊びにいくんだよね？

立ったまま缶を開けて一口呷《あお》り、せーちゃんはわたしの手元を覗いてくる。

「そんな綺麗《きれい》な手してんのに、包丁で怪我《けが》しないでよー？　てか、指ほそっ」

そんなことを言って、自分の指と比べるように手を出してくる。

「せーちゃんも同じくらいの太さじゃない？　てかネイル綺麗！」

「ほんと？　ありがと」

ふふっと、嬉しそうに微笑むせーちゃん。

小さいときから仲よくしてもらっていて、わたしにとってせーちゃんは優しいお姉さんみたいな存在だ。

本当に、大好き。

そして、もしいつか、真園《まぞの》家にお嫁にいくときがきたとして……。そしたらせーちゃんは正式にわたしの姉になる。大好きなせーちゃんとそういう形で繋がれるっていうのは、正直嬉しかったり……。

　そんなとき、せーちゃんがふと口にした。

「……正市の奴《やつ》、今なんかやってんね」

「えっ」

　わたしは驚いて、まな板からせーちゃんの顔に視線を向ける。

　せーちゃんはにやりと笑い、さらにこんなことを言う。

「あれはきっと、とろちゃんのためだね」

「そ、そうなの？」

　思わず訊《き》き返すわたしに、こくこく頷《うなず》くせーちゃん。

「正市があんなに頑張るのって、とろちゃんのためだけだから」

「わたしのためだけ……？」

「うん。そう」

　そ、そうなんだ……。

　せーちゃんの力強い首肯《しゅこう》に、わたしは無性に嬉しくなる。

　正市、わたしのために何かしてくれてるのか。なんとなく、クリスマス関係かなーとか想像はしてたけど、せーちゃんに言われて確信に変わる。

何をしているのかまではわからないけど……頑張ってくれてるんだ。

そう考えると、居ても立ってもいられないほど正市のことが愛おしくなる。今すぐぎゅってしにいきたい、なんて。

早くこの料理を食べてもらいたいな。

やや、でも、ちゃんとおいしいって言ってもらえるよう、慎重《しんちょう》に。

わたしも頑張らなきゃ——。

＊

部屋で作業をしていると、こんこんとドアがノックされた。俺は慌てて勉強机の上で開いていたノートパソコンを閉じる。

「おまたせしましたー」

言いながらドアを開けて、お盆《ぼん》の上に皿を載《の》せた十色が入ってくる。

「おお、いい匂いがする」

「でしょー？　食べよたべよ！」

十色がローテーブルに皿を置き、俺も椅子《いす》から立って床に座《すわ》る。すると、どんと置かれた大皿の中身が目に入った。

「シェフ渾身の一皿、豚肉《ぶたにく》とお野菜とお豆腐《とうふ》のチャンプルーです」

「『気まぐれ』から『渾身』にグレードアップしてるな」

皿に盛られていたのは、ふんわりと焼き目のついた豆腐に、たくさんの豚肉、鮮《あざ》やかな緑の小松菜。他に卵や玉ねぎも細かく入っており、上にはかつおの削《けず》り節《ぶし》が振りかけられている。

「うまそう……」

食欲をそそる香《こう》ばしい香りに、俺は思わずごくりと唾《つば》を飲む。

「ちょっと待っててね。これ絶対ご飯進む系のやつだから。白米取ってくる」

「お、おう。俺も行くぞ」

「ううん、待っててまってて。ごゆっくりー」

そう言い残し、急いで部屋から出ていく十色。

改めて俺は、湯気の立つ皿に目を向けた。

——正市が好きそうなメニュー作ってあげよう!

そんな十色の声が脳裏《のうり》に蘇《よみがえ》る。

確かにボリューミーでスタミナのつきそうな、男子の好きそうなメニューである。おしやれなイタリアンなんかではなく、家庭料理っぽい路線できてくれてよかった。俺も、男子の例に漏《も》れずこういうのが好きだ。

にしても……。

料理が苦手だと敬遠していた十色が、俺に晩ご飯を……。そう考えると、とても嬉しい。しかも、完璧《かんぺき》な出来栄《できば》えである。香りもよく、おそらく味も――早く食べたい。

十色の奴、頑張ってくれたんだな……。

こんなことをしてもらっては、俺も負けるわけには――。

「ごめんお待たせー！」

どたどたという足音と共に、また十色が部屋に飛びこんでくる。

今度はお盆に、ご飯の入ったお茶碗《ちゃわん》二つと、お茶の注がれたそれぞれのマグカップが載っていた。

「食べよっかー！」

「ああ。いただきます」

俺が胸元《むなもと》で手を合わせると、

「はい、召《め》し上がれー」

言って、十色はふふっと笑う。続けて、

「なんかすごい不思議な気分だ。この部屋で正市に、『召し上がれー』なんて言う日がくるとは」

「変な感じか？」

「んー、それもあるし、あと感慨深《かんがいぶか》い感じ」

「感慨深い？」

「うん。やっと彼女らしいことしてあげれたなーって」

十色は嬉《うれ》しそうに目を細める。

やっと、ってことはないと思うが。でも、そんな思いで作ってくれたとは――。

「……食べていいか？」

「あ、うん！　どうぞどうぞ！」

俺は改めていただきますをし、さっそくメインの大皿に箸《はし》を伸ばした。肉と豆腐をあわせて、一旦取り皿に取り、口に運ぶ。瞬間《しゅんかん》、口の中にふんわりとした出汁《だし》の風味と、タレの絡《から》んだ肉の旨《うま》みが広がった。

「いや、シンプルにうまい」

手で口許《くちもと》を押《お》さえながら、俺は思わずそう口にした。

「ほんと？　やった！」

「マジでいくらでも食べれる」

チャンプルーと言うが、家で食べることのあるゴーヤチャンプルーより、味つけが濃《こ》い。味噌《みそ》のような甘辛《あまから》さが感じられる。

「よかったー。おいしいでしょ？　わたしも味見で食べてびっくりしたもん。隠《かく》し味《あじ》でね、焼肉のタレ入れるのがポイントなんだって」

ぴんと人さし指を立てて、十色が言う。

「すごいな、隠し味か」

「って言っても、全部レシピ通り作っただけなんだけどね。わたしの創意工夫《そういくふう》は特に介入《かいにゅう》してないよ」

へへへ、と頰《ほお》をぽりぽり搔《か》く十色。

「それはいいんじゃないか？　どんなすごい料理にもレシピはあるしな」

「おお！　いいこと言ってくれるねぇ」

ぱんぱんと十色に肩《かた》を叩かれる。いやまぁ、本音なんだが。変に凝《こ》ったものよりは、絶対にこういうシンプルにうまい料理の方が嬉しい。

おかずをご飯と一緒に搔きこむ。おいしい。本当に白ご飯が合う。

「毎日食べれるな、これ」

「えへへへ、そうかいそうかい。いっぱいお食べ」

そう十色は嬉しそうに言う。続けて、何気なく、

「これでいいお嫁さんになれるかな?」

そんなことを訊いてきた。

不意を、突《つ》かれてしまった。

「お、おおう」

俺は思わずそんな、もごもごとした返事をしてしまう。お、お嫁さんって……。いつもなら冗談として流すセリフだが、自然なストレートさに虚《きょ》を突かれてしまった。

「あ、え、えと、その、よかったら、だけど……」

そしてその俺の反応に、十色の方も恥《は》ずかしくなってきたのか、わけのわからないことを言いだしている。

よかったら、お嫁さんって……。

俺は一旦落ち着こうと、お茶のマグカップに手を伸ばす。ごくごく一気に飲んで、ふぅーと息をついた。十色もそれに倣《なら》ってお茶に口をつけ、それから両手でぱたぱたと顔を扇《あお》ぐ。

「と、十色も食べようぜ」

「う、うん。あ、ご飯おかわりあるからねーって、せーちゃんが言ってたよ。せーちゃん

が炊《た》いてくれたの」

「へぇ、そうだったのか」

キッチンで星里奈と会ったのか。どんなことを話したのか、少し気になる。

――例の件は、確認してくれたのだろうか……。

「そういえば、クリスマスイブなんだが、夜まで大丈夫《だいじょうぶ》なのか？」

俺はふと思い出したように、そう話を変えた。

「もちろん、大丈夫だよ！」

十色は大きく頷いてくれる。

「晩ご飯、一緒に食べる感じでいいか？」

「うん！」

「集合は昼から？」

「そうだね！　日曜日でよかった！」

「家から一緒に行くよな？」

「そうしよそうしよ！」

俺たちはそれから、晩ご飯を食べながらクリスマスの予定を話し合った。

「楽しみだね！」と十色が微笑《ほほえ》み、「ああ」と俺は首肯する。

今から待ち遠しい。あの後夜祭から、ずっと彼女を待たせてしまっている。

二四日まで、あと二週間ほど。

それまでに、間に合わせないと――。

＊

『ねね、結構前にさ、小さい頃のアルバム見よって話してたよね』

『あー、したした。あれ？　結局見てないよな』

『そうそう、そうなの。見たくない？　ちょうどわたしの家に出してあってさ』

『おお、見るか。俺の家のやつも押し入れのわかりやすいところにあるぞ？』

『ややや、正市の家のは……危ない写真もあるかもしれないし……』

『ん？　危ない写真？』

『す、すぐに取ってくるから！　ご飯食べ終わったらわたしの家のアルバム見よ！　お母さんがね、わたしと正市一緒に写ってるやつだけまとめてくれたの』

そんな会話が晩ご飯中にあり、食後、俺たちはローテーブルの前に並んで座ってアルバムを開いた。ちなみに、会話の中にあった謎《なぞ》の『危ない写真』とは、家庭での自己観賞用として法の網《あみ》をすり抜けた、所持するだけでも非常に悪質な一枚、らしい。聞いてもあまりよくわからなかった。

十色が「ではでは」と分厚いアルバムの表紙を開く。

二人で庭で遊んでいたり、公園の砂場で穴を掘《ほ》っていたり、部屋でクレヨンを使ってお絵かきをしていたり。

「わっ、見てみて、小さい！　幼い！」

「久しぶりに見るとなんかすごいな。自分、こんなだったのか」

「小さい頃とか鏡見ないからさ、自分どんな顔してたかとか記憶《きおく》に入る余地すらないもんねー」

確かに。幼い頃の自分と言われ思《おも》い浮《う》かぶのは、リビングに飾《かざ》ってある家族旅行の写真の中の姿である。それ以外の年代の顔や姿は思い出すこともできず、こうしてアルバムを見なければ知ることができない。

しかしながら、アルバムをめくっていけば、なんとなく記憶の断片《だんぺん》にヒットする写真も増えてくる。

「おー、懐《なつ》かしいな」

「覚えてるの？」

「ああ。小学生になる前くらいからは、ぼんやりとだが」

リュックを背負って新幹線に乗っていった山でのバーベキュー。お互《たが》い家族と行っていたはずが偶然《ぐうぜん》神社でばったり会って、みんなでお参りをした初詣《はつもうで》。小学校の入学式の朝も、家の前に二人で並んで写真を撮《と》っていた。

こうして見れば、本当にたくさんの思い出を作ってきたのだとわかる。

「小学生の頃の正市少年可愛《かわい》いー。この可愛い子はどこ行っちゃったのー」

「目の前にいるが」

「あははは。大きくなったねぇ。この子が成長したらこんなふうになるんだねぇ」

それを言ったら十色だって、昔とはだいぶ変わっている。決してそういうロリ的な趣味《しゅみ》はないが、幼い頃の彼女はそりゃ可愛いし、今には今の良さがあるわけだが。……まぁ本人には言えないが。

「なんかさ、幼馴染《おさななじみ》系の漫画《まんが》でさ、昔は女の子の方が身長高かったのにーっていうシーン見たことあるんだけどね。中学生高校生くらいになると男の子の方が突然《とつぜん》大きくなってきて、きゅんきゅん、みたいな」

「あー、なんかSNSで流れてくるような短編漫画で見たことあるかも」

「ほんと？　でもさ、わたしたちって昔から正市の方が基本身長高いよね。それプラス、並んで立って正市の顔見るときの目線？　角度？　がずっと変わらない気がする」

「そうだな。確かに、ずっと俺の方が若干《じゃっかん》高いくらい？　でも少しずつ差は開いてきてるぞ。一年で一センチくらいずつ」

「確かに、今一〇センチくらい差あるよね。ねね、カップルで身長差一〇センチって一番ちょうどいいらしいよ」

「それ俺も聞いたことあるな」

「ふふふっ。わたしたち、気づかないうちに進化していってるんだね。環境《かんきょう》に合わせて最適な形に」

「なんだその進化論みたいなのは」

こんな二人きりの環境に対して身体が変化していくとは……俺たち最強かよ、なんて。

俺たちは二人してくすくす笑う。

カメラを向けられて笑うのが苦手で、写真に写るのはそれほど好きではないけれど。こうして二人で見返して楽しむ時間は、案外悪くない。

いつか未来で、新しく増えた写真たちを眺《なが》めながらまた二人で笑い合える日がくればいいな、と俺は思っていた。

「そろそろ帰ってお風呂《ふろ》入ろっかなー」

十色のそんな声に時計を見れば、時刻は午後一〇時半を回ったところだった。

「今日はありがとな。ほんとにおいしかった」

「成功してよかった。また作るね！　あ、洗いもの、ほんとにいいの？　フライパンとかあって結構多いよ」

「ああ、任せとけ」

あんなお腹いっぱい大満足になる料理を作ってもらったのだ。洗いものくらいありがたくさせていただく。十色は最後まで「それじゃあ一緒にやろ？」と言ってくれていたのだが、ここは俺がやるべきだろうと判断した。

十色がアルバムを持って立ち上がり、俺も腰《こし》を上げた。

部屋を出るとき、十色が「じゃあ」と片手を上げてくる。俺も軽く手を上げると、十色がそこにタッチしてきた。

「へへへ」

タッチした手はそのまま離《はな》れず、指を絡ませながら俺の手をぎゅっと握《にぎ》ってくる。

「正市、手、あったかいね」

「十色はいつも冷たいよな」

そんな俺の返しに、十色はなぜか勝ち誇《ほこ》ったように口角を上げる。

「そうそう。言うじゃん？　手が冷たい人は心が温かいって。逆に手が熱い人は心が冷たいらしいよ。大丈夫かな、正市くん？」

「いや、ただの末端冷え性《まったんひえしょう》だろ」

「ま、まったん!?　違うし！」

「俺はこの温かい手で、こうして冷たい手を温めてやろうとしてる。だから心も温かい。Q.E.D.」

「わー、なんかヤな言い方だー。じゃあまぁ、しっかりあっためてもらお」

あからさまに苦々しい顔を作ってみせたあと、十色はくすっと表情を崩《くず》し、俺と手を繋《つな》いだまま歩きだす。

星里奈は出かけたのか、一階には誰《だれ》もいなかった。

俺たちは初めて家の中を、手を繋ぎながら歩いた。

玄関《げんかん》を出て、俺たちは門扉《もんぴ》の外で立ち止まる。どちらからともなく、握る手にぎゅっと力をこめた。

「おー、寒いねぇ」

「やばいやばい、風邪《かぜ》ひくぞ。早く家入れ」

「うん。じゃね、正市、また明日」

「ああ」

十色が子供のように、繋いだ手をぶんぶんと大きく振ってくる。それから、ぱっと離した。

「へへへっ、おやすみっ！」

ひらひら手を振って、自分の家に入っていく十色。

それを見送りながら、俺は名残惜《なごりお》しさの残った手の平をぐっと握り締《し》めた。

〈7〉 クリスマス準備奔走中

それは十《と》色《いろ》に晩ご飯を作ってもらった日の、二日前の夜のことだった。
リビングで一人くつろいでいる姉に、俺はとある頼《たの》みごとをしにいった。

『──お金を、貸してください』
『あん？　今なんつった？』
『……お金を、貸してください』
『ああ？』
『お金を──何回言わせんだ！』
『いや、何、なんで金がいるの？』
『ちょっとわけがありまして……』
『なんであたし？　ママに言いなよ』
『いや、それはちょっと。とりあえず事情を……。ほらその、もうすぐクリスマスだろ……？』

クリスマスの準備に、どうしてもお金が必要だった。

誰かにお金を借りる日がくるとは……。というか、まさか星里奈《せりな》に、こうして頭を下げる日がくるとは……。

今回は、姉にしか頼めなかったのだ。親に言えば、いったい何に使うのかしつこく訊かれるだろう。そして十色とカップルである（まだ仮初《かりそめ》の、だが）ことから説明しなければならない。

星里奈はまず、その辺りの大前提はわかっている。そして、彼女に頼めば、また夏休みのようにバイト先を斡旋《あっせん》してもらえる可能性がある――しっかり自分で働いて返済ができる。

また、もう一つ、その準備に伴《ともな》い、星里奈に頼みたいことがあったのだ。それだけで頼むと面倒《めんどう》な顔をされかねないが、お金を借りるついでに言えばまとめて引き受けてもらえる可能性が高いと踏んでいた。

『――ふーん、なるほどね。面白《おもしろ》いこと考えるじゃん』

俺の詳《くわ》しい説明を聞いて、星里奈はにやりと笑ってくれた。

『じゃあ……』

『うん、貸すのはいいけど、いくらよ？』

おお、話が早い。

俺は右手の平を開いてみせる。

それを見た星里奈は、黙《だま》ってソファの脇《わき》に置いていたハンドバッグに手を伸《の》ばした。中から俺でも知っているブランドのモノグラムが入った財布《さいふ》を取り出す。フラップを開けば、分厚く詰《つ》まったお札が見えた。

『はい、これ』

そう言って、星里奈は財布から一万円札を何枚か抜《ぬ》いて、俺に差し出してきた。

『……一〇万円あるぞ』

『足りなかったとき大変じゃん。とりあえず全部持っときな』

なるほど。そういうことか。その言葉には一理あるので、一旦《いったん》全額受け取っておくことにする。使わなかった分は置いといて、まとめて返せばいい。……利子とかないよな？

ていうか……、

『お前、大学行かないで何してんの？』

俺《おれ》は星里奈の財布を目で示しながら、気になったことを訊《たず》ねてみる。そこに詰まった大金は、どうやって……。

『仕事してんのよ、いっぱい。夜、オヤジ相手に。努力の結晶《けっしょう》なんだから』

お、おう……。確か、時給のいいキャバクラかなんかで働いてるんだったか。

『そんなことしてて大学は大丈夫なのか？』

『うん。あたし単位は取り終えて、あとは研究室でのゼミだけなんだけど。そっちはこの時期、だいたい出席自由なんだ。自分の研究に関する論文さえ書いて、提出できりゃあ問題なし』

『ほぉ。それで、その論文はどんな感じなんだ？』

素朴《そぼく》な疑問をぶつけてみる。

するると星里奈は視線をつーと横に泳がした。

『おい、できてねぇじゃねぇか』

『だ、大丈夫。卒業までまだ三ヶ月くらいあるし……』

『あー、多分それ、一年三ヶ月に延びますねぇ』

というか、まだ大学にいられるのか？　もう三年留年してたよな……。いつまで人生の夏休みを引き延ばす気だ。

星里奈はあからさまに大きなため息をついてみせる。

『はぁ。もう、あたしのことはいいから。あんた、うまくやんなさいよ』

話を逸《そ》らしたいだけかと思えば、

『とろちゃん、絶対喜ばせてやんな』

切れ長な鋭《するど》い目で、じっと俺を見つめながらそんなことを言ってくる。

そうだ。本題はそっちだった。

『ああ。お金必ず返します』

『はい。姉さんに頼んどくよ。いつでも人手不足らしいから』

夏休み、海の家でお世話になった小春《こはる》さんのほんわかとした笑顔《えがお》が脳裏をよぎる。あのバイト旅行が懐かしい。今年は人生の中で一番濃い夏を送った気がする。

『ああ……ありがとう』

なんだか姉にこうしてお礼を言うのは随分《ずいぶん》久しぶりな気がして、あとから急に照れ臭《くさ》くなってきた。

＊

そうして手に入れたお金を持って、土曜日の今日、俺は電車に乗って隣町《となりまち》の駅前にある百貨店に足を運んでいた。

「おおお……。これは中々……」

クリスマスが近づいた休日だからか、建物の中は人がごった返していた。ブランドショップが並ぶ階にいるのだが、どうやらセール実施《じっし》中らしく、会計待ちのレジの列が外まで伸びている店がいくつもある。

通路を進むので精一杯《せいいっぱい》。これ、酸素足りてるのか……。

目的を達成して無事帰還《きかん》できるのか、心配になりながら、俺は人の波に乗ってエスカレーターへと向かっていった。

三階に辿《たど》り着くと、少しだけ人の流れが落ち着いた。俺は密《ひそ》かにふぅと息をつく。さっさとやること済まして、ここを脱出《だっしゅつ》しよう。

にしても……。

俺は右、左、右と辺りを見回す。

なんというか、煌《きら》びやかだ。フロア全体が白くキラキラ輝《かがや》いている。主に女性向けの商品が置いてある階だからだろう。

こんなところ、一人ではもちろん、家族ともきたことがない。なんだかものすごい場違い感だ。

俺はちらりと自らの姿を見下ろす。量販店《りょうはんてん》で十色に選んでもらって買った黒の中綿ジャケットに、ポケットの多いカーゴパンツ。パンツの方は俺が中学のときから持っていたものだが、テック系なんぞというファッションに合ってるとのことで十色から「これは使えるよ！」のお言葉をいただいていた。

着ているものに関しては、気後《きおく》れしなくていいはずだ。

エスカレーター横のマップで、目的のお店を確認《かくにん》。幸いすぐ右手にあるらしい。

勇気を出してそちらに向かって歩きだした、そのときだった。

「あんた、なんでこんなとこにいんの？」

思わずびくぅっと肩を跳《は》ね上げる。

背後から、声をかけられた。間違《まちが》いなく、俺に向けられた言葉だった。

身体は進行方向に向けたまま、首だけぎぎぎと動かして俺は振り返る。

「あ、な、なんでここに――」

俺は思わずそう発していた。

「いや、ウチのセリフ盗《と》らないでよ」

その人物――中曽根《なかそね》は、俺を見ながら呆《あき》れたような表情を浮かべていた。

「ちなみに、ウチは買いもの。ここお母さんとよくくんの。今は四階へ化粧品《けしょうひん》見に行ってるけど。あんたは？」

「お、俺も買いものだ」

「や、それはそうなんだろうけど。でも、挙動不審《きょどうふしん》すぎて見てられなかったわよ。よっぽど見なかったことにして立ち去ろうか迷ったけど」

待て、俺そんなにヤバかったのか……？

「でも、それなのにどうして声をかけてきたんだ？」

俺は疑問に思ったことを訊ねる。

「そりゃあ、あんたがこんなとこにいるってことは、十色のクリスマス関係じゃないの？なんか困ってるなら手伝ってあげようかと思って」

当然でしょ、とでも言いたげに、中曽根は腕《うで》を組む。

俺は思わず呟《つぶや》くように口にしていた。

「お前、優《やさ》しいな……」

「はぁ？　勘違《かんちが》いしないでよ、十色のためだから。あんたが十色のためになんかしてやるっていうんなら、ウチも協力してあげる」

何この子、いい奴すぎる……。

「だいたい、こんなとこあんまりきたことないんじゃないの？　めっちゃきょろきょろして不審者チックだったし。なんか顔色も悪いよ？」

中曽根がどうやら敵ではないことはわかった。その場で立ち止まった格好だったので、俺は話しながら通路の脇に移動する。

「慣れてないのは事実だが……。顔色も悪いか？」

「うん、相当」

「あー、ちょっと寝不足《ねぶそく》でな」

別に寝《ね》てないアピールをしたいわけではないが、実際にそれが理由だろう。昨晩はずっと作業をしており、仮眠《かみん》しか取れていない。その状態でお店に繰《く》り出してきて、人に酔《よ》った。

しかしそれを他の人に悟《さと》られるほどになってしまっていたとは……。気をつけなければと思っていると、

「……十色、楽しみにしてるよ」

急に、中曽根がそんなことを言ってくる。

「楽しみに？」

「うん。や、今週珍《めずら》しく十色、放課後ウチを誘《さそ》ってきたから。彼氏《かれし》はどうしたのって訊いたら、何か忙《いそが》しそうにしてんだーってなぜか嬉しそうに言うから」

「あー、なるほど」

「ただ、何をしてるのかは知らされてないって言ってた。でも、内緒《ないしょ》にしてるってことは、十色に関するなんかなんでしょ？　睡眠削《すいみんけず》ってまで頑張《がんば》ってんだ。…………何やってんの？」

おお、普通《ふつう》に訊いてくるのか。

十色にも内緒で進めていることだし……と答えを迷っていると、

「や、言いたくないならいいんだけど」

とつけ足してくる。

まぁ、言いたくないわけではないのだが……。

今ここにいることを、それを話して納得《なっとく》してくれるのであれば、中曽根に教えるくらいはいいかもしれない。

「でもさぁ、ウチはこの前全部話したんだけどね。先輩《せんぱい》とのこと。あんたは全部知ってる。これって不平等じゃん？」

「いや、めちゃめちゃ聞きたそうだな！」

追いすがるように言葉を重ねてくる中曽根に、思わずツッコんでしまった。

「別に……ちょっと気になるだけだけど。十色にどんなことしてあげんのか」

と、視線を横に逸らしながら言う中曽根。

そういえば、昔からそうだった。

中曽根は、俺と十色のことをとても知りたがる。中曽根にとって、十色は友達で、憧《あこが》れだから——。そういう話を聞かされたことがある。

そして、俺が十色を幸せにできるのか、十色に相応《ふさわ》しいのか、ずっと近くで見極《みきわ》められていた。

俺と中曽根は、初めからそういう関係だったのだ。

中曽根の言う通り、俺は彼女《かのじょ》と先輩の恋愛《れんあい》事情を知っている。それに、実は少し、この努力が他人から見てどうなのか——どんな評価がもらえるのか気になってもいた。

ならば——。

「……十色には絶対に話さないでくれるか？　せめて、クリスマスが終わるまでは」

彼女の顔を見ながらそう訊ねると、中曽根はこくこく頷《うなず》いてくる。

「うん。墓場まで持ってく」

中曽根は必ず十色のことを考えて行動する。従って、サプライズをバラすような野暮《やぼ》なことはきっとしないだろう。

そう信じ、俺は口を開いた。

「俺が今やってるのは――」

俺は、俺の想《おも》いを語り終えた。なんだか少し熱くなってしまい、恥ずかしい。頬が火照《ほて》るのを感じながら、俺は恐るおそる中曽根の反応を窺《うかが》う。

中曽根はしばし何やら考えこんでいたが、やがてすっと俺に視線を向けてくる。

「――喜ぶんじゃない？」

「ほんとか？」

「うん、間違いなく」

おお！　お墨《すみ》つきをいただけた。

「いやでも、まさかあんたがそこまで準備しようとしてるとは」

「あー、まぁ、俺自身が納得したかったってのも大きいけどな」

「ふーん」

中曽根はどこか感心したように、まじまじと俺の顔を見てきた。

なんとかご理解いただけたのだろうか。

中曽根にはずっと、俺の彼氏としての姿勢を見られていた気がする。今、恥ずかしいついでに、俺は一つ訊ねておくことにした。

「今の俺、どうだ……？」

俺の言葉に、中曽根は訝《いぶか》しげな表情を向けてくる。

「何よそれ」

「ほら、つき合い始めた頃《ころ》、俺に言ってきただろ。俺が十色に相応しいのか——十色を幸せにできるのか——って」

「あー……」

中曽根はまたしても少し間を置き、それから、

「うん。十色もきっと、幸せだと思う。すごくいい彼氏、なんじゃない？」

俺を褒《ほ》めるのが気まずいのか、どこかそっぽの方向を向きながら、そう口にしてくれた。

今度は頬ではなく、身体の内側がかーっと熱を持つ感覚に襲《おそ》われた。かすかに身震《みぶる》いをしてしまう。

「そうか。よかった」

本当に。

十色の一番近くにいる親友にそう言ってもらえて、なんだか安心できた。自信にもなった。

俺が一人、感極《かんきわ》まりそうになっていると、

「まぁ、話戻《もど》るけど、今日あんたがここにきた理由はわかったわ。何か手伝ってあげたいと思ったんだけど——ちょっとだけ、アドバイス」

中曽根がそう、話を進めてくる。

クリスマスでの作戦が成功に近づくかもしれない、貴重な女子の助言に、俺は雑音の中耳を集中させる。

「あのね、こういうのはね、ブランドが全てじゃないの。特に低予算の場合はね、重視すべきは——」

中曽根のおかげで、買うべきものに目ぼしがついた。

感謝しなければならない。

そしてお店の人と諸々《もろもろ》打ち合わせを終えた俺は、急いで家へと帰る。正直、あまり時間がない。今回の買いものとは別に、予定しているものが、クリスマスに間に合うかどうか微妙《びみょう》なラインなのだ。

部屋に戻り、パソコンを開いた俺は、ふぅーと長く息をつく。

それから、ゆっくりと思考の海に沈《しず》んでいく。昨日の続きだ。

きっと今夜も深淵《しんえん》を覗《のぞ》くような、深くふかく没頭《ぼっとう》する夜がくるのだろう。

〈8〉 これは恋人ムーブではなく、事実を伝えるムーブ

とあるデータによると、サンタクロースを信じていたのはいつ頃《ごろ》までという質問に対し、五〇％以上が小学生までという回答になったらしい。

それを踏《ふ》まえて言えば、俺はやや早熟な子供だったのかもしれない。保育園の年長さんの頃には、サンタさんの黒幕の正体に気づいていた。……まぁ、枕《まくら》もとにプレゼントをセッティングする父親を、偶然目が覚めて見てしまっただけなのだが。

そして、それが発端《ほったん》でとある事件が起こってしまったのは、次の年、小学一年生のときだったはずだ。

『ねね、正市《まさいち》、もうすぐクリスマスだね』

あの頃の十色《といろ》は、確かいつも髪《かみ》の毛を横に一つ括《くく》りにしていた。そのツノのように飛び出た髪が、喋《しゃべ》る度にぴょこぴょこ弾《はず》んでいたのを思い出す。

『今年もさ、サンタさんきてくれるかなー。今のうちいい子にしとかないと』

十色はわくわくと目を輝かせ、口調を弾ませる。吐《は》く息が白く色づく、寒い朝の通学路だった。

『そうだな……。いい子にって？』

『えっとねえっとね、落ちてるゴミを拾うとか』

言って、十色は近くに落ちている枯《か》れ枝《えだ》をしゃがんで拾う。……ゴミの判定が緩《ゆる》いな。

『それじゃあダメかもしれないな』

『えっ、じゃあ、じゃあ……あそこで歩いてる子のランドセル持ってあげる！』

『いきなり知らない相手に⁉』

違《ちが》う、そうじゃないのだ。

サンタさんはきっと両親。なので、お父さんかお母さんどちらか見てる場所でいいことをしなければ意味がないのだ。そう正市少年は考えていた。

『んーと、じゃあ、晩ご飯ぜったい残さず食べる！』

『そうそう、そういうのだ』

俺が頷くと、十色は嬉《うれ》しそうに笑ってたっけ。

晩ご飯……十色はもともと好き嫌《きら》いが少ないので、こちらもかなり低いハードルのように思えるが、そこはツッコまないでおいた。

『こうやって、毎年いい子にしてたら、ずっとずっとサンタさんきてくれるかなー』

十色がそんなことを口にする。

そこで、当時の俺は一つ答えを間違えた。

『あー、まぁ、子供のうちはくるんじゃないか？』

えっ、と十色がこちらを振《ふ》り向いてくる。

『大きくなったらこなくなっちゃうの？』

『ああ、まぁ……』

サンタさんはお父さん。その事実を知っている当時の俺は、なんとなくそれを察していた。多分、大人が子供を喜ばせるために、プレゼントを用意してくれているのだ。だからきっと、俺たちが成長すれば、サンタさんはこなくなる。

『そんなの嘘《うそ》だ！　サンタさんはずっとくるもん。絶対きてくれるもん！』

『期待しない方がいいと思うけど……』

『正市、なんでそんなこと言うの？　絶対適当に言ってるんだ！　ダメなんだよ、嘘ついちゃ』

そこまで言われてしまうと、当時の正市少年は黙っていられなかった。

『知ってるんだよ、僕《ぼく》。サンタさんがお父さんって』

そのあとは、昨年見たこと、そこからのサンタの仕組みに関する推測を、十色に話したのだ。十色の顔はみるみる驚愕《きょうがく》に青ざめていく。

『な、なんで？ なんですぐ教えてくれなかったの？ そんなことあったら、正市すぐ教えてくれるじゃん』

『いや、前のクリスマスのときも話したけど……。十色がプレゼントに夢中であんまり聞いてくれなかったから諦《あきら》めた』

『そ、そんな……。じゃあほんとにサンタさんこなくなっちゃうの……？』

ああ、と俺は神妙《しんみょう》に頷いた。

ここまで言い合いをするつもりは全くなかったのだが……。まさかこんな空気になってしまうとは。

静かになった十色の方をちらりと窺うと、彼女は小さな身体をぷるぷると震《ふる》わせていた。と思ったのも束《つか》の間《ま》、『うわーん』と大きな声で泣き始めた。

俺は慌《あわ》てて、彼女を慰《なぐさ》める役に徹《てっ》した。その日は一時間目の授業に間に合わず、遅刻《ちこく》して先生に怒《おこ》られたのだった。

結局、小学六年生の冬、俺と十色の家には同時にサンタさんがこなくなった。きっと親同士が打ち合わせ、タイミングを合わせて打ち切ったのだろう（俺にバレていることに、親も薄々《うすうす》気づいていただろうが、それまでは続けてくれていた）。

『ほんとに、正市の言う通りだった』

『ん？』

『……ほんとに、大きくなったら、サンタさんこなくなっちゃった』

俺はそのとき、短く『あぁ』と頷いたんだっけ。しかしそのあとの、

『あー。去年のあのプレゼントで終わりだなんて、なんか寂《さび》しいなぁ』

なんて彼女の言葉が、今でもぼんやりと耳に残っていた。

＊

「おいすー。昨日はよく寝れましたか？」

「おお、さっき起きたから太陽が眩《まぶ》しすぎるくらいだ」

「あら、正市が昼まで寝てるなんて珍しいね。……お疲《つか》れさま」

「……そんなお前も、ちょっと眠《ねむ》たそうだぞ？」

「あはは、わたしは今日が楽しみでさ」

「あ、おやつ忘れた！　キャッシュはあるから現地調達でいこう！　おやつ三〇〇円はTAXこみ？　ドライフルーツはおやつに入りますか？」

「ちょっと大人な感じの遠足やめろ！」

「うははは。やー、晴れてよかったねぇ」

待ちに待ったクリスマスイブ。

約束通りの時間に集まった俺たちは、家の前でそんな会話をしてから歩きだした。

「中学のときさー、学校でおやつとかジュースが禁止だったんだけど。グラノーラが入った栄養補完食はおやつに入るのかとか、先生が食べてたチョコ系の菓子《かし》パンはおやつ判定なんじゃないかとか、いろいろ物議を醸《かも》したよね」

「まぁ、いろいろ言いだす奴《やつ》がいるからなぁ」

「運動会のときなんかさ、特例でスポーツドリンクがオッケーだったんだけど、そこにエナジードリンク持ってきた子がいてさー。そのとき炭酸はダメだとか、ドーピングじゃないかとか、そもそもスポーツドリンクじゃないだろとかいろいろ意見出たんだけど、あんまりエナジードリンク知らない校長先生の、エネルギーのドリンクならいいでしょうって一言で解禁になったんだよね」

「遠足前の小学生か」

「マジか。翼授《つばさず》かったらリレーも余裕《よゆう》だろ。いや待て、全員飲んだら条件一緒《いっしょ》か」

「ちなみに、校内の購買《こうばい》で売ってた小さいヤクルトだけは、普段《ふだん》からいつでも飲んで大丈夫《だいじょうぶ》だった」

「なんだそりゃ。あー、でもあるよなぁ、そういうローカルルール」

いつも通りの、他愛《たあい》もない話題だ。駅までぶらぶらと歩いていく。青空の下、足取りは軽い。

会話が少し途切《とぎ》れたタイミングでのこと。

十色がちょんちょんと手の甲《こう》を俺の手に当てて、ちらりとこちらを見てきた。

俺がその小さな手を握ってやると、十色が俺の顔を覗きこみながら「えへへ」と笑ってくる。

十色は白のチェスターコートに、さらさらとした生地《きじ》の長めのスカート、ブラウンのショートブーツを合わせている。マフラーを首に巻いており、その上でパールがあしらわれたゴールドのピアスが光っていた。細い手首には白いベルトの小ぶりな腕時計《うでどけい》が袖口から覗き、肩《かた》にはトートバッグを下げている。

「鞄《かばん》持つぞ」

「やや、いいよいいよ。軽いから」

「そうか？　じゃあ、しんどくなったら言ってくれ」

「うん！」

十色が元気に頷いて、繋いだ手をぶんぶん振ってくる。

釣《つ》られて楽しい気分になりながら、俺は駅まで歩いていった。


地元の駅から一〇分電車に揺《ゆ》られれば、海に近い大きな駅に到着《とうちゃく》する。港にはハーバーと呼ばれるオープンモールがあり、服屋、雑貨屋、飲食店が軒《のき》を連ね、さらにお化《ば》け屋敷《やしき》や観覧車なんかもあったりして暇《ひま》つぶしにはもってこい。

俺たちの今日の目的地はそこだった。

ハーバーに入ると、その雰囲気《ふんいき》を楽しみつつ歩を進めた。街のシンボルである鉄塔《てっとう》を眺《なが》めながら、幅《はば》五メートルほどの運河にかかる橋を渡《わた》る。それから木製の階段を見つけて上り、花がたくさん植えられたガーデンスペースを抜け、アクセサリーを売る露店《ろてん》が点在する場所に出た。両サイドにはヨーロッパの街並みのような建物が並び、そこにさまざまなテナントが入っている。入り組んだ路地に足を踏み入れれば、さらにその先にもお店が現れる。

「こういうところで缶《かん》けりとかやってみたいな」

「あー、わかるよ。細かくルールとか決めて、賞金とか用意してね。わくわくする。借し切りにしないと難しそうだけど」

「あー、特に今日はなぁ」

十色の言う通り、このままの状態でやれば迷惑極《めいわくきわ》まりないだろう。辺りには人が大勢いる。

ここはおしゃれな街として全国から認知《にんち》されていると共に、デートスポットとしても有名な場所である。クリスマスともなれば県外からもたくさん人が訪《おとず》れ、人混みは大変なものに。そして、そのほとんどが男女の二人組である。

そんな中缶けりなんてしだしたら、顰蹙《ひんしゅく》の嵐《あらし》を浴びることになるだろう。

ここは周囲の甘《あま》いムードに馴染《なじ》むことが鉄則だ。

というか、多分、手を繋《つな》いで歩く俺たちは、すでにもう端《はた》から見れば立派な一組のカップルに見えているはず……。

そんなことを考えながら進んでいると、開けた広場に辿り着く。

そこで目に飛びこんできたのは、高さが一〇メートルあるらしい（ネットでの事前調査によると）、そびえ立つ巨大《きょだい》なツリーだった。

「わぁ……すご」

十色が感嘆《かんたん》の声を漏《も》らす。

濃緑《のうりょく》のツリーに、色とりどりのオーナメントがつけられている。ラメでできたボールに、プレゼント型の箱、ベルや雪だるま、サンタの帽子《ぼうし》に雪の結晶。てっぺんにはクリスタルの大きな星が、陽光に照らされてキラキラと輝いている。

「これ、夜になったらもっとすごいんだろうな」

「ほんとに。まだライト点《つ》いてないもんね。絶対夜もこよ！」

「ああ」

きっと、とても綺麗《きれい》なものが見られるのだろう。

頷きながら、俺は不思議な気分になっていた。

クリスマスの日に十色と二人で、こういう場所にきている。オシャレな街で、ツリーの前に立ち、辺りはデート中のカップルだらけで——。そして、今日は夜まで一緒にすごす予定である。

出会って一〇年以上経《た》つが、初めての経験だ。改めて考えると、まさかこんな日がくるとは……。

あの日の河原での十色の一言がなければ、仮初の契約《けいやく》がなければ、こういうふうにはなっていないだろう。そう思うと、なんだか少し怖《こわ》くなる。

初めは正直戸惑《とまど》ったけれど、今はもう――こうして二人手を繋いでいる姿しか考えられなくなっていた。

その上で、今日、俺はさらに一歩を踏み出したく思っている――。

＊

ハーバーまでやってきたはいいものの、俺たちは二人ともノープランだった。夜まで、特に予定がない。

「すまん、俺、特に何も決めてなくて。これからどうする？」

「ん？　いいよいいよー。わたしも何も考えてなかったし、適当にぶらぶらする感じでいいかなーって思ってたから」

「じゃあまぁ、適当に。とりあえず回ってみるか？」

「うん！　海に面したデッキの方で、いろいろクリスマスのイベントやってるみたい」

「なるほど。海は多分、こっちの方だな」

俺たちはぷらぷらと歩きだす。

特に目的も決めず、時間に焦《あせ》らず、行き当たりばったりを楽しんで――。それはいつも通りの俺たちだ。クリスマスもそんな感じでいいのだろうかと考えるが、まぁ、十色の方がそれを提案してきているので問題ないのだろう。

俺の方は、むしろそんな落ち着いた雰囲気が好きである。

こうして特に気を遣《つか》わず、二人でのんびりとすごす時間が愛《いと》おしい。

通路をくねくねと移動し、やがて板敷《いたじき》のデッキに辿り着く。

「あっ、サンタがいる」

「ほんとだ。着ぐるみでお菓子配ってるんだな」

「おー、無事おやつの現地調達できそうだね！」

「あれ、もらってるの小さい子供ばっかりみたいだが……」

「……わたしたちまだ成人してないし大丈夫でしょ」

「子供のボーダー緩ゆるだな」

なんて話していると、こちらに気づいたサンタの着ぐるみお姉さんが歩いて近づいてきた。

「はいどうぞ、ハッピーメリークリスマス」

「あっ、ありがとうございます！　ハッピークリスマスー」

サンタさんにお菓子をもらい、嬉しそうに俺を振り返ってくる十色。

流れで俺《おれ》まで、リボンでラッピングされた小袋《こぶくろ》をもらってしまった。

「やった。きっと最近いい子にしてたからだねぇ」

「頭脳は子供の女子高生は、クリスマスに向けてどんな善行を積んでたんだ？」

「夜、なるべくお菓子食べるの我慢《がまん》してた。太らないように」

「ただただ自分のためじゃねぇか」

健康にいい子、にしてただけだった。今の聞いたらサンタもちょっとプレゼント配布悩《なや》んじゃうぞ。

「あははは、なんてねー。それ以外にも、ちゃんと毎日賢《かしこ》くしてたからねー。今年もプレゼントがもらえるか心配する子供みたいに。そわそわわくわく」

「いい子にしながらこの日を待ってた？」

「そう！」

十色はふふんと得意げに笑ってみせる。

「お菓子、チョコ入ってる！　ちょっと食べない？」

「ああ」

俺たちは海に面した手すりの方まで移動した。デッキの中央には自動演奏のアンティークオルゴールが設置されており、優しい音色のクリスマスソングが風に乗ってこちらまで流れてくる。

手すりにもたれ、景色を見渡《みわた》す。正面には堤防《ていぼう》でできたコの字型の入り江《いえ》があり、そこから右手に広い海が広がっている。群青色《ぐんじょういろ》の海が波でゆらゆらと揺れるのを眺めながら、もらったお菓子の小袋を開いた。

「ん、これおいひい」

風になびく髪を耳にかけながら、チョコレートのクッキーを頬張《ほおば》る十色。

「それこっちにはないな」

「あ、入ってるの違うんだ。じゃあ、ほい」

十色が半分残った食べかけのクッキーを、包装紙ごと渡してくる。

「いいのか?」

「うん、食べてみ。おいしいよ」

それは気軽にお菓子をシェアする、いつもの幼馴染《おさななじみ》ムーブのような感覚だった。

俺はお言葉に甘え、そのクッキーを受け取って口に運ぶ。

……うん、甘い。

俺が味の感想を言おうと口を開きかけたとき、ふとこちらをにやにや見ている十色に気がついた。

「なんだ？」

「ふふふ。間接キスだね」

突然《とつぜん》の思いがけないセリフに、思わずドキッとしてしまった。

なんだ？　普段そんなこと言わないじゃないか。

「恋人ムーブか？」

「んー？　別に。普通に間接キッスだなーって。事実を伝えるムーブ？」

言って、十色はくすくす笑う。

からかわれてる気がする。

「ドキッとした？」

「いや、事実を伝えられただけだしな」

「でも、改めて言われると意識するもんでしょ。正市くん、顔が赤いぞ？」

「そんなこと……」

やはりからかわれている。ならば、と、俺は少しでも仕返ししてやることにした。

「十色の間接キス、めちゃめちゃ甘かったぞ」

「なっ」

「濃厚《のうこう》で濃密《のうみつ》でうっとりとするスウィーツさ。ごちそうさまです」

「ちょ、変なこと言うなし」

ツッコみながら、十色が肘《ひじ》で俺の脇腹《わきばら》を突《つ》いてくる。痛いいたい。

しかし、彼女の頰《ほお》が若干《じゃっかん》色づいているのを見て、俺はにやりとしてしまう。キスは二人でするものだ。ここは痛み分けでいこう。

にしても、間接キスでこんなわーわーできるなんて、まるで初々《ういうい》しいカップルだ。実際は出会って一〇年超《ご》えの幼馴染なんだが……。

しかし、カップルとしてはひよっこで、まだまだこんな新鮮《しんせん》な気持ちを味わえるのかと考えると、なんだか胸がうずうずしてくる。

「ありがとな、クッキー」

「あ、ただあげたんじゃないよ、正市の方のと交換《こうかん》だよ」

「そこはちゃっかりしてんな」

俺が小袋の口を開けてやると、「これ半分こしよー」と十色が砂糖のまぶされたクッキーを指でつまんでいく。

「てかてか、おやつは三〇〇円まででしょー？　これは実質〇円で手に入れられたわけだから、カウントに入らないよね？」

「なぜ今回のクリスマスデートに遠足ルールが適用されているのかわからないが……、ただ実際の遠足だと先生に怒られるんじゃないか？」

　それがＯＫなら、買ったお菓子を友達に一度転売し、それを頼《たの》んでもう一回安い値段で売ってもらって原価を下げたりと、いろんな抜《ぬ》け道《みち》が生まれてしまう。……そんなに真面目に考える話でもないが。

「えー、まぁ、今日は実際の遠足じゃないしいいってことで。三〇〇円でさらにおやつを調達だー！」

「いいのかよ……。じゃあまぁ、スーパーかコンビニか？」

「ノンノン。それだと定価でしか買えないじゃん？　ここはやっぱしあそこでしょ」

　十色が不敵に口角を上げる。

　それだけで、なんとなく何を言いだすかわかった。

「ゲーセン、か」

「うん！　この建物の三階に大きいのがあるんだよ」

「大丈夫か？　買った方が安かったなんて言いだす未来が見える気がするが」

「ふっふっふ、そこは二人で頑張ろうじゃないか。二人合わせて六〇〇円で、普通に買うよりたくさんのお菓子を取ってみせる。協力して作戦を練りながら、時間をかけてじっくり台を選んで」

「おー、そう聞くと面白《おもしろ》そうだな。よし、やってやるか！」

「いえい、行こういこう！　こんなことしてる場合じゃないね」

手にしていたお菓子を慌てて食べだす十色。

「ゆっくり食えよ。そこは急がなくても……」

「あはは、確かに、お菓子は味わわないとだ」

やはり俺たちのデートに、ゲーセンは欠かせないらしい。それはクリスマスデートでも変わらない。

それを幼馴染ムーブなどと意識せず、普通のデートの一部として捉《とら》えられるようになったのは少し成長ではないかと、俺は密《ひそ》かに考えていた。

☆

結局、わたしも正市も、ゲームセンターではお金を呑《の》まれてしまった。

取れたのは小さなチョコ一つだけ。三〇〇円ずつというルールに則《のっと》ってあーだこーだ話し合いながら慎重《しんちょう》に挑《いど》んだんだけど、結果としては敗北だ。

だけどそのあと、レースゲームだったり太鼓《たいこ》の音ゲーだったり、普段やらないコインゲームをやってみたり。とても楽しめた。

ちなみにチョコは、正市がわたしに譲《ゆず》ってくれた。おいしかった。

ゲーセンを出たあとは、のんびりと歩いてお店を見て回る。

ちょっとアングラ系の雑貨屋をおっかなびっくり覗いてみたり、懐《なつ》かしの人気アニメのイラスト展がやっていてはしゃいでしまったり。

アイス屋さんの前で、中でライトがキラキラ点滅《てんめつ》している大きな雪だるまの置物を見つけ、そこでは二人で写真を撮《と》った。スマホをインカメラにして、わたしがシャッターを押《お》す。

「ほら正市、笑ってわらって」

「あ、ああ」

「ちょちょ、『にやぁ』じゃなくて『にこっ』と笑って！」

「こ、こうか？」

「それは『にたぁ』だよ！　にこっにこっ」

なぜかカメラの前で笑うのが苦手な正市に、なんとか作り笑顔《えがお》をさせて撮影《さつえい》をした。こんな感じでよかったのか……。

そこから少し移動すると、今度は『占《うらな》いの小道』なる木製の立て看板を見つけた。細い通路に入っていくと、左右に紫《むらさき》の布で仕切られたブースがいくつかあり、そこでさまざまな種類の占いをしてもらえるらしい。

「ファビュラス様いたりしないだろうなぁ」と正市。

「あの人はほんとに本物だった」

夏、ファビュラス様の占いによってまゆちゃんに疑《ぎ》惑《わく》の目を向けられるようになった事件を思い出し、二人で笑う。

一〇〇〇円で二人の相性《あいしょう》を見てもらえるという水晶玉占《すいしょうだまうらな》いのブースがあり、わたしたちはそこに入ってみることにした。

店主は銀髪《ぎんぱつ》のお姉さんで、わたしたちのプロフィールを聞いたあと水晶を覗く。そしてすぐに、お二人は相性抜群《ばつぐん》の最高のカップルですと太鼓判《たいこばん》を押してもらえた。

案の定と言うべきか、やはりカップル扱《あつか》いである。わたしたちの仮初《かりそめ》を見抜《みぬ》いたファビュラス様は、中々超《こ》えられないだろう。

でも……、

「きっとお二人、幸せになりますよ。メリークリスマス」

そんな占い師《し》さんのお話を、「なるほど、よかったです」と正市は真剣《しんけん》に聞いている。

その結果に喜んでいるみたいで、わたしもとても嬉しくなった。

――とまぁ、わたしたちはクリスマスデートをたくさん楽しんだ。

とてもとても楽しんだのだが――その間、わたしはずっとそわそわしていた。

――そろそろだろうか。

実はデート中、わたしはずっとそればっかり考えていた。

後夜祭で話してもらった、正市の気持ちの続き。多分今日、それを聞かせてもらえる気がする……。

『――すまん、ほんとはもっと、ちゃんと伝えたい。だから、少しだけ、時間をくれないか？』

あのときの正市の声が、脳内で蘇《よみがえ》る。

正市がこのクリスマスに向けて何か準備をしているのは知っていた。どうやらそれはわたしのためで――。だとしたら、今日、何かあると思っちゃうのは仕方ない。

……でも、いつくるんだ？

夕方になり、空が少しずつ暗くなってくるにつれ、そわそわはどんどん膨《ふく》らんでいく。

ドキドキしすぎていつか耐《た》えきれず、破裂《はれつ》してしまいそうなほど——。

☆

「ねね、そろそろ晩ご飯にする？　どっかで食べて帰るんだよね？」

腕時計を確認《かくにん》し、わたしは正市にそう訊《たず》ねた。

午後五時すぎ。ちょうどいい時間だろう。少しおやつは食べたけれど、結構歩いたので
お腹《なか》もすいてきていた。

「あー、そろそろだな。それじゃあ移動するか」

正市もスマホ画面をちらりと見て、それから左手にあった階段の方を顎《あご》で示してくる。

「ん？　上？　どっか行きたいお店あるの？」

「あー、ちょっと予約しててな。五時半から」

え、マジ？　と思った。

「予約？　ほんとに？」

「ああ。この辺はクリスマスかなり混むから、事前予約を受けつけてる店で予約取ってお
いた方がいいってネットに書いてあったから」

「うそ……ありがと」

「でも、俺もそれに気づいたのが遅《おそ》くて、予約空いてるところ一軒しか見つけられなかった。パスタなんだが大丈夫か？」

「好き……」

「えっ？」

「あ、パスタ、大好き」

ちょっと、マジか。

正市がここまでしてくれているなんて。驚《おどろ》いた。

しかも着いた店がとてつもなくおしゃれ。レンガ構えの入口で、薄暗《うすぐら》い店内をペンダントライトのオレンジ色の灯《あか》りで奥《おく》に導かれる感じ。こんなところ、女の子の友達ともきたことない。

そこに先陣《せんじん》をきってすっと入っていく正市……。

これまでのドキドキを通り越《こ》して、ぞくりと大きな身震《みぶる》いがきた。

待って、何このイケメンエスコート。

その後ろ姿が急に頼もしく見えて、胸の鼓動《こどう》が速くなる。

今、わたし、完全に正市のこと男の子として意識してる……。

席に着くと、店員さんがそっとメニューの冊子を開いてくれる。「ご注文が決まりましたらお呼びください」。そう言って、一礼。

クラシックのBGMが静かに流れる、とても落ち着いた店内だった。

「す、すごい大人なお店だね」

わたしは正市にひそひそ話しかける。

「そうだな。ここでワインとか飲んでたらかっこいいんだが」

言いつつ、正市はちらりと周囲の席を見回す。それに倣《なら》って見てみると、ワインボトルとグラスが並んだテーブルが多く目についた。

「大丈夫、わたしオレンジジュースで酔《よ》えるから」

「違法《いほう》オレンジとかじゃないだろうなそれ」

「とりあえずオレンジで」

「とりあえずビールみたいに注文するな」

声を抑《おさ》えて笑うのが大変だった。わたしはくすくす肩を揺らしながらメニューをめくる。

「わたしこれにしようかな。海老《えび》となんちゃらなんちゃらのクリームパスタ」

「略したな。せっかくオシャレな料理名ついてるのに」

「読むの大変だけど、雰囲気でおいしそうじゃん？」

「まぁクリームパスタに外れないよな」

「こっちのなんとかかんとかのミートソースパスタと迷ったんだけどね」

わたしはぺらりとページをめくり、もう一候補だったパスタを指さす。ごろごろとしたお肉がなんとも捨てがたい。そんなことを思いながら写真を見ていると、

「じゃあ、俺そっちにするよ」

正市がそう口にする。続けて、

「そうすればシェアして両方食べられるだろ」

わたしは驚いて正市の顔を見る。

「そんなテクニックどこで覚えたの？」

「テクニック？」

「その彼氏《かれし》ムーブのことだよ。今までの正市なら、ノータイムでペペロンチーノ選んでた。卵載ってるやつ。だけど急にシェアなんて」

「お、おお、鋭《するど》いな。……はい。ネットで学びました」

わたしは思わず噴《ふ》き出してしまう。すぐに白状しちゃうんかい。

「あははは。ありがと、嬉しいよ。でも、好きなの食べなよ」

「や、ミートソースの方もうまそうだったからな。俺も食べたいと思ったのはほんとだ。

これにするよ」

「いいの……？　やった。じゃあわたしのクリームパスタも分けてあげよう」

「おお、ありがとう」

「一口ね」

「少なっ⁉」

「うはは、冗談《じょうだん》じょうだん」

わたしはご機嫌《きげん》気分で店員さんを呼ぶベルを鳴らす。

「ちなみにさ、他にはどんなテクニックを学んできたの？」

「あー、レストラン編だと、自分の分の料理も食べる前に彼女《かのじょ》に写真を撮らせてあげる、とか」

「あははは、それわかる。写真撮っときたいかも」

なんだなんだ、正市の奴、彼氏ムーブめちゃめちゃ仕上げてきてるじゃん。可愛《かわい》すぎる。

……わたしのため、なんだよね？

そんなの……このあともっと期待してしまうではないか。

もう、どうしようもなく、待ちきれなくなっている。

☆

お店から出ると、空はすっかり暗くなっていた。その分、お店の窓、壁面《へきめん》、街路樹などに施《ほどこ》されたイルミネーションが眩《まばゆ》さを増している。

冷たい風にコートの前を合わせながら、わたしはちらりと隣《となり》を窺《うかが》いながら訊ねてみる。

「……どうする？」

「さっきの巨大ツリー、見に行ってみるか？」

「うん！」

階段をおり、ツリーのあった広場へとやってきた。昼間の数倍、人がごった返していたが、その奥でツリーは圧巻の存在感を放っていた。

赤、緑、青白い白、そして眩い光と、代わるがわる点滅するライト。吊《つ》り下げられたオーナメントにはもちろん、周囲の建物、地面、そして人々にもその明かりがふんわり降り注いでいる。

「綺麗……」

じっと見つめていると、光の一つひとつに、オーナメントの輝《かがや》きに、ぼんやり目が吸い寄せられていくような感覚に捉われる。

「ほんとに綺麗だな……」

正市も横で呟《つぶや》いている。続けて、

「こんな大きいツリー見たの初めてだな」

「わたしもだよ。すごい」

「そうなのか？　遊園地とかテーマパークとかだともっと大きなツリーがあるって聞いたことあるけど」

「クリスマスの時期にそんな感じのところ行ったことないねぇ」

あんまり人混みに突っこんでいくのも大変なので、わたしたちはその場に留《とど》まってツリーを眺めていた。

しばらく経った頃《ころ》、

「ちょっと海の方も行ってみないか？」

喧噪《けんそう》に掻《か》き消されないようわたしの耳元に口を寄せて、正市がそう声をかけてくる。

「行く」

わたしが頷《うなず》くと、正市が黙《だま》ってわたしの手を握《にぎ》ってきた。

不意のことで、思わずはっとした。正市の手のぬくもりが、熱いくらいに伝わってくる。

彼《かれ》に手を引かれ、わたしはデッキから海に近づく波止場《はとば》へと下りていった。

先程《さきほど》のイルミネーションがたくさんあったオープンモール内と変わって、ここはオレンジ色の街灯だけが優《やさ》しく辺りを照らしている。

波止場から海へ近づくと三段ほどの階段が見えてきた。波止場の端から端まで、左右長く続くその段差に、一定間隔《かんかく》を空けながらカップルたちが座《すわ》っている。喧噪から外れ、ここが隠《かく》れた休憩《きゅうけい》スポットになっているらしい。

そのカップルたちの間で広く開いていたスペースに、わたしたちもお邪魔《じゃま》させてもらうことにした。

「ここ穴場だねぇ」

わたしが言うと、正市も頷く。

「ゆっくり海を眺めようと思ってきたんだが、こんな場所があったとは」

「段差になってて、デッキの方からじゃ気づかなかったね」

「ああ。いいところ見つけた」

正市とわたしは、二段目に並んで腰《こし》を下ろした。視線は自然と正面の海へと向く。

「今日、結構歩いたな。疲れてないか?」

正市の声が、静かに聞こえてくる。

「平気へいき。正市は?」

「俺も大丈夫だ」

「なんならもっと遊びたいくらいだよ。もう夜かーって感じで。いろいろあったよね」

「あー、ツリー見たり、ゲーセン行ったり、いろんなところで写真撮ったりな。あと占いも入ったな」

「そうそう。チョコ食べたりクッキー食べたりパスタ食べたり」

「お前死ぬとき、食ってるところばっかの走馬灯見そうだな」

「あははは。幸せな人生だったたってことだね」

でもまぁそれも、誰《だれ》と食べてるかってところが重要な気がする。その走馬灯に正市の姿がたくさん出てくればいいな、なんて笑いながら思う。

会話が途切れると、寄せては返す波の音だけが辺りに響《ひび》き、耳に心地《ここち》いい。

横をこっそりと窺ってみると、カップルさんたちはみんなぴったりくっついているようだ。

……ふむ。

わたしはもぞもぞとお尻《しり》を動かして、正市に少し身を寄せる。

すると、それに気づいたか、正市が腕《うで》を上げる。わたしの腰に腕を回してくる――かと思いきや、少しそのまま動きを止める。

「……十色」

かすれるような小さな声だった。

「何?」

「……その、いつもみたいに、ぎゅってしていいか?」

思わずにやけてしまいそうになる。言い方可愛すぎるんだけど。

許可なんていらないのに。

「うん」

わたしが短く返事をすると、すぐに後ろから抱《だ》き締《し》めてくる。

お腹に手を回し、背中をすっぽり覆《おお》うように。ぎゅっと、強く、じっと長く。

「……こうしてるとあったかいね」

「ああ」

「正市も寒くない?」

「ずっと外にいれそうだ」

冬の寒さを言いわけにして、わたしたちはその体勢を続ける。

初めてぎゅってしてもらったのは、確かかがり火祭りのときだったな。そこで味を占《し》めたわけじゃないけど、それから何度か、こうして正市に抱き締めてもらってきた。ギヌス記録なんかを理由にしたこともあったっけ。

あー、幸せだ。

街の象徴《しょうちょう》である鉄塔が、白くライトアップされている。その灯りが黒い海を照らし、波がキラキラと光っていた。ずっとずっと眺めていられる。

夜になり、空は暗いけれど、辺りの景色はまだ明るい。クリスマスを彩《いろど》る街灯りの中で、自分たちも、得も言われぬ幸せな時間をすごしている。

この瞬間《しゅんかん》、幼馴染という感覚は一切《いっさい》なく、わたしたちは恋人《こいびと》同士だった。

あの、小さな頃から一緒《いっしょ》の正市と……。

とても不思議な感覚だった。まさか今、こんなことをしてるなんて。

「……正市」

「なんだ？」

背中のぬくもりから、かすかな声が返ってくる。思わず「好き」と言いそうになり、喉《のど》の奥に押し留めた。

まだだ。今は正市の想《おも》いを聞かせてもらうのを待っているところだ。それを差し置いて好きと言っちゃうのはなんだか違《ちが》う。

わたしは黙って、背中から回された彼の腕をぎゅっと胸に抱いた。

きっと今日なのだ。続きを聞かせてくれる。というか今、雰囲気《ふんいき》抜群《ばつぐん》じゃないか。タイミングばっちり。そろそろかな、なんて思っていたとき。

「なぁ、十色――」

きたっ！　と思った。やばいやばい、心の準備が。時間はたくさんあったはずなのに、いざそのときがくると……。

プチパニックに陥《おちい》りかけるわたし。

しかしその耳に、予想になかった言葉が飛びこんでくる。

「そろそろ帰るか」

「……えっ」

わたしが驚いて振《ふ》り返ると、正市が真《ま》っ直《す》ぐにわたしの目を見ながらゆっくりと口を動かす。

「十色に見せたいものがあるんだ――」

〈9〉 キミのためのサンタクロース

波止場から移動して電車に乗り、俺たちはいつもの俺の部屋まで帰ってきた。

その間、お互《たが》い口数は少なく、おかげでどんどん緊張感《きんちょうかん》が増してきた。部屋に入る頃には、心臓がばくばく弾《はず》み、その音が彼女に聞こえてないか心配になるくらい。

と同時に、ようやくこのときがきたという、高揚感《こうようかん》のようなものもあって、俺はふっと密かに笑《え》みを漏らしてしまう。

自分でも、ハイになりすぎてよくわからない気分だった。

一旦《いったん》落ち着こうと、部屋に入ってすぐお茶を淹《い》れに立とうとする。

しかし先に、十色《といろ》が口を開いた。

「ねね、正市《まさいち》、これクリスマスプレゼント」

「えっ」

俺は思わず声を漏らしてしまう。

十色がデート中も肩《かた》にかけていたトートバッグから、赤いラッピングがされた四角い箱を取り出した。

「やー、なんかどのタイミングで渡《わた》せばいいかわからなくてさ」

「いきなりでびっくりしたぞ。……開けていいか?」

「うん! どうぞ」

にこにこと笑う十色に見守られながら、俺はラッピングのリボンを外し、包装紙のテープを丁寧《ていねい》に剥《は》がしていく。

現れたのは白い箱。それを開けると、中には——、

「おお、マグカップか」

「そう!」

「しかも二つ!」

「うん、おそろいだよ!」

入っていたのは、クマの絵が描《えが》かれた白いマグカップだった。クマが着ている服の色が、それぞれ違う。多分俺が青の方で、十色が赤だろう。

「ずっと部屋に通ってきたけどさ、コップはずっと正市の家の借りてたから」

そう十色が言う。

確かに、十色が毎日のように使いすぎて、実質十色専用になっているマグカップが家に

あった。別におかしなことでもないだろう。自分たちは幼馴染で、ずっと一緒にすごしてきたのだ。

しかし、これからは二人でこのマグカップを……。幼馴染同士の空間にカップルっぽい要素が交ざりこむ感覚が、とても新鮮で嬉《うれ》しかった。

「さっそく使うか？　お菓子《かし》、なんかあるか見てくるよ」

俺が言うと、十色が何やら口許《くちもと》をにんまりとさせた。

「それとね、実は、ケーキを焼いてきたんです。クリスマスケーキだよ！」

「ケーキ？」

十色はこくこく頷き、またしてもトートバッグから、両手で長さ二〇センチほどの包みを取り出した。

先程のプレゼントに、ケーキ。デート中、彼女が大きめのトートバッグを離《はな》さなかった理由がわかった。重かっただろうに……。

十色がその包紙を開けてくれる。

出てきたのはロールケーキだった。上から白い粉砂糖が雪のようにまぶしてあり、断面からは黄色いふわふわの生地《きじ》と、レーズンやオレンジピール、レモンピールなどのドライフルーツが入っているのが見て取れる。

「こ、これはすごいな。うまそうだ。ほんとに十色が作ったのか？」

「うん！　レシピを見ながらね」

「そうか。……いや、ほんとにすごいな」

「えへへ。レシピにほんと忠実にやったから、味は大丈夫《だいじょうぶ》なはず！　……多分。粉砂糖『適量』なんて書かれてた日にゃ、『あ、終わった……』って諦《あきら》めそうになったけれど」

「あー、大匙《おおさじ》一とか何ミリグラムとか具体的に書いてほしいよな」

「そうそれ。まぁ、この真っ白具合がきっと適量、甘《あま》くておいしいはず」

実際、見た目はとてもおいしそうである。ケーキ屋で売られていても見劣《みおと》りしないだろう。

「……いつの間に？」

「昨日だよ。お昼から夕方まで準備したの」

料理が苦手なはずの十色が、内緒《ないしょ》でケーキを作ってくれるとは。俺はほんとに驚いて、得意げな顔をする彼女をまじまじと見てしまう。

「びっくりした？」

「ああ。お菓子作りもできるなんて」

この前の晩ご飯に引き続き、だ。

すると俺の言葉に、十色がふふっと呼気を揺《ゆ》らした。

「正市にね、喜んでほしいから」

照れたように微笑《ほほえ》む十色。

「……ありがとう」

自分のために、十色も頑張《がんば》ってくれていた。そう思うと、胸の奥が熱くなる。

いきなり電話をかけてきてくれたり、部屋を訪ねてきてゲームに誘《さそ》ってくれたり。あの後夜祭のあと、十色はより彼女らしく俺と接してくれていた。

全て、彼氏である俺を喜ばせようとしてくれていたのかもしれない。

考えていると、我慢《がまん》できなくなってしまった。

「俺も！　見てほしいものがあって！」

俺は勢いづいてそう口にした。

立ち上がって勉強机に近づくと、一番上の引き出しから一冊の薄《うす》い本を取り出した。裏向けにしながら十色に差し出す。

「最初は簡単な手紙にしようと思ってたんだが。でも、十色を楽しませたかったから……」

十色が本を表にする。そこには男女が二人で部屋のベッドに座り、コントローラーを握るイラストが描かれていた。

「これって……」

「ああ。……俺《おれ》が書いた、小説だ」

「えっ、小説？　正市が書いた……？　これ、わたしに？」

「もちろん」

「じゃあ、このカバーの二人って……」

「十色と、俺だ。恥《は》ずかしながら」

　十色はキラキラした目で、イラストを見つめる。キャラクター調で描かれているが、髪《かみ》型《がた》や顔つきなど特徴《とくちょう》が捉えられており、俺と十色だとしっかりわかる絵だ。

「小説、すごい……。待って、書いたの初めてだよね？」

「ああ」

「ちゃんと本になってる。えー、正市、小説なんて書けるの？　イラストは？」

「絵の方は、クリエーターに依頼《いらい》ができるアプリがあって。そこで頼んだ」

「すごい。ほんとにすごい」

　俺が、時間をかけて準備していたもの。十色を待たせ、努力していたこと。

　正直、苦労した。普段《ふだん》使っている日本語のはずなのに、うまく脳内で浮《う》かんでいることが表現できない。時間がかかる。言葉を選びえらび、一晩かけて一ページしか進まない日もあった。しかし、絶対に投げ出さないと決めていた。

これこそ、俺の見つけたやりたいこと、頑張るべきことに繋《つな》がっているから――。

そして完成した、全てを詰《つ》めこんだ一冊。

「これ、クリスマスプレゼント？」

「まぁ、一応……」

「今から読んでいい？」

「ああ」

「やった！」

十色が床《ゆか》に座ったまま、小説をぺらりとめくる。

俺はその間にお茶とケーキの準備をしようと立ち上がった。

見開き二〇ページほどの、短い物語だ。一五分もあれば読み終わるか。

ベッドの枕元《まくらもと》の方をちらりと見て、俺は部屋を出る。

☆

その小説は、一人称《いちにんしょう》『ボク』の視点で、『キミ』との馴《な》れ初《そ》め、思い出、そのときの心情を語るストーリーだった。

どうやらボクは正市で、キミはわたしのことらしい。

『あの日、ボクらにとっていつもの河原で、

「……ねぇ、わたしたち幼馴染《おさななじみ》だし……もういっそつき合っちゃう？」

そう言われて、ボクの時は止まった。

本気……なのか？　キミはいつからボクのこと……。なんて一瞬勘違《いっしゅんかんちが》いしかけたけれど、実はキミは恋《こい》だ愛だのトラブルに巻きこまれ、困っていたらしい。

男脳、女脳という区別を聞いたことがあった。男脳は問題解決、女脳は共感をまず求めるらしい。そんなことを頭の隅《すみ》で思い出しながら、ボクはキミの悩《なや》みをどうやって解決しようか考えていた。

初めから、キミが何かに困っているのなら、問答無用で力を貸そうとは決めていたのだ――』

正市の奴《やつ》、あのときこんなこと考えてたんだ。

わたしは嬉しく思いながら、読み進めていく。

『実は、キミは中々のお洒落《しゃれ》さんだったらしい。私服姿を見るまで気づかなかった。けれど、実際のところ悪いのは、それまで気づけなかったボクの方だったのかもしれない。さらさらにケアされ、綺麗《きれい》に染められた髪《かみ》。学校に行く際のさり気ないナチュラルメイク。ネイルアートまではいかないが、つやつやに手入れされた丸い爪《つめ》。

そういった意識の高さが垣間《かいま》見《み》える瞬間が、日常の中にたくさんあったのだ。

ボクはそのとき、ファッションやら美容やらにとんでもなく疎《うと》かった。それはもう、マイナス方向に常人離《ばな》れするくらい。

従って、ボク改造計画は、キミに主導してもらうこととなった。

これまでずっと無課金《むかきん》初期アバターでプレイしていたボクが、超課金勢でレベルのかけ離れたキミに直接教えてもらうなんて、とても恐《おそ》れ多かったのだけど。』

うははは。そんなの気にしてたの？　面白いなぁ。読みながら一人、ちょっと笑ってしまった。

次に目を留めたのは、少し長めのシーンだった。

『ボクは柄《がら》にもなくいい男になろうと奮闘《ふんとう》してみた。キミにお似合いの彼氏になるためだ。

服装、髪型、スキンケア、本屋で雑誌なんかの教材を購入《こうにゅう》し、自分で勉強もしてみた。

今、これを頑張っておけば、これから先ずっと大手《おおで》を振ってキミの隣を歩ける。ゆっくりと、キミとの時間を楽しめる。

ひとまずは作戦通り、校外学習まで。

そう思って取り組んでいたのだけれど、途中《とちゅう》、キミが少し寂《さび》しそうにしているのに気がついた。

そんなキミの顔を見て、ボクはふと昔のことを思い出す。

小学校低学年の夏休み。キミは毎日のようにボクの部屋に遊びにきていた。キミは宿題なんてあと回しに溜《た》めこむタイプで、ボクは日々決めた量をこつこつこなすタイプ。なので朝、キミが部屋にきても、ボクがまだ勉強していることが多かった。

「ごめん、もうちょっとで今日の分終わるから、待ってて」

「……むー」

そのときキミは同じような表情を浮かべていたのだ。退屈《たいくつ》そうな、寂しそうな、本当はしたいことがあるのだけれど、我慢して待っている顔。

あー、そういえば最近、放課後は髪切ったり服買いに行ったり美容のアドバイスを聞いたりしてばかり。ゲームや漫画《まんが》などのオタク活動があと回しになっていた。

校外学習はもうすぐそこに迫《せま》っている。そこでミッションを達成したら、すぐに二人でゲームをしよう――。

校外学習当日、無事キミとの恋人ムーブを周囲に披露《ひろう》したあと、ボクはゲームを取り出してみせた。ボクにとっての大事件が起きたのはそのときだった。喜んだキミが、ボクのほっぺたにキスをしてきたのだ。』

――待って、それ書くの？　めちゃめちゃハズいんだが⁉

『その熱烈《ねつれつ》なキッスは、ボクの頬《ほお》に熱を落とし、気づいたときには震《ふる》えとなって全身に広がっていく。これは……ラブ？　ライク？　未熟なボクには皆目《かいもく》見当がつかなかった。』

おい、ちょい待て、何その表現、キスシーンで笑わせようとしてくるな。

絶対正市、ここでわたしが恥ずかしがってるってわかってて、わざとこれ書いてる。

……でも、懐《なつ》かしいな。

あのときは、正市がわたしのことを気づいてくれてたのが嬉しくて、つい勢い余ってしまったのだ。

多分今だと、いろいろ意識しちゃってそんなことできない。

『夏になると、海の家でバイトをした。ボクは旅館の部屋に、テレビゲームのハードをリュックに入れて持ちこんだ。

中学の頃の修学旅行でゲームを持ってきて、夜中にホテルのテレビに繋いでプレイしている班があって、羨《うらや》ましかったのだ。

それを真似《まね》してキミとプレイしたかったのだが……バイト中は疲《つか》れてしまい、ほとんどゲームをする余裕《よゆう》がなかった。

それだけが、一生忘れられない夏の心残りだった。』

あはは、思い出じゃないんだ。心残りなんだ。

ごめんごめん、あのときはほんと疲れてて。

『何かボクからも恋人ムーブをしてみよう。ずっとキミに任せきりではいけない。

そう考えたとき、思いついたのが、きたるキミの誕生日でのサプライズだった。

そこで、夏休み前から計画を練り始めた。バイトでお金を貯《た》めて、プレゼントを買い、部屋の飾《かざ》りつけの準備もした。仮初《かりそめ》の関係だけど、つき合って初めての誕生日として、カップルらしくキミを喜ばせたいと思っていた。

その頃、キミは普通《ふつう》のカップルってなんだろうって悩んでいた。普通のカップルっぽくない、初々《ういうい》しくないなどと言われるボクたちの関係に、ボクは相性抜群《あいしょうばつぐん》という言葉がぴったりではないかと考えた。

「あれだ……。ボクたちにはボクたちの形があるってことだ。つき合って間もないけど、こんなに相性抜群ですってだけ。だから、堂々と……あんまり他人の言うことなんか気にしなくていいんじゃないかなって――」

そんなふうにキミに言いながら、ボクは自分で少し不思議に思っていた。

そもそも偽装《ぎそう》のカップルなんだから、他人に何を言われても適当に流しておけばいいのではないか。ボクたちの関係を表現する言葉なんて、わざわざ探す必要ないのではないだろうか。

だけどなぜか、そのときボクは考えるのをやめることはできなかった。

なぜなんだろう……。

たとえ仮初でありつつも、ボクとキミがカップルの関係であることを、自ら否定するのは嫌《いや》だった——。』

読みながら、ドキッとした。

あれ、正市……。

わたしは確かこの頃、正市とカップルらしさを味わいたいと躍起《やっき》になっていた。そしてこのサプライズをきっかけに、自分は実は正市と本物になりたいのでは、と自覚したのだ。

正市ももしかして、この頃からちょっと心が揺れかけてたの……？

楓《かえで》ちゃんにラブレターならぬ脅迫《きょうはく》レターで呼び出されたり、まゆちゃんたちとのダブルデートに繰《く》り出したり。懐かしい出来事たちが正市の視点で語られていく。

『ボクとキミがお似合いのカップルであることを見せつける。その目的は覚えていつつも、奴とエアホッケーで勝負することになったとき、ボクは密《ひそ》かに闘志《とうし》を燃やしていた。

そこには単純な負けず嫌《ぎら》い以外の感情があった気もする。

特にこの男には、絶対に負けたくない……。

なぜかキミに近づこうとしてくる男。その理由を知りたくて探《さぐ》っていた。その想いが本物か確かめようとしていた。けれど、こうして相まみえてしまったなら、一旦正面から倒《たお》しておく必要があるだろう。

ふっふっふ、やってやる。

そう考えると、どんどん気持ちが高ぶってきて、ボクはエアホッケーに集中していった。

そのあと一つ、大きな失言をしてしまうなんて、考えもせずに――。』

あ、確かこのあと……。

わたしはそのとき正市にかけられた言葉を思い出す。

急に正市が、春日部《かすかべ》くんは悪い奴じゃないなんて、春日部くんを推《お》すようなことをわたしに言ってきたのだ。

ただ、悪かったのは――それで二人の関係をもやもやさせてしまったのは、完全にわたしの方だった。

このときわたしは、何気ない彼の一言で一喜《いっき》一憂《いちゆう》してしまうような、心がふわふわと不安定な状態だったのだ。

そして舞台《ぶたい》は、二人で行ったかがり火祭りへと移っていく。

『「今から始めるのは――本音を伝えて修復を図《はか》る、ぎくしゃくカップルのムーブだ」

そう、ボクが勢いで言いきると、キミはきょとんとした顔をしていた。

最近のキミは、本物の恋人ムーブなんて言葉を使ったりして、ボクとの仮初の関係を「こういうふうにしたい！」とどんどん進めてくれていた。

対してボクは、未《いま》だに仮初という言葉に囚《とら》われていたのだ。仮初の彼氏ならば「こういうふうにしないといけない」で動いていた。

正直、どうすればいいかわからなかったのだ。

では、ボクはどうしたいのか――。

なぜ仮初でありながら、ボクとキミがカップルの関係であることを否定するのが嫌だったのか。

前日、キミが夜まで部屋にこなかったとき、寂しくてさみしくて如何《いかん》ともできずただ震えた。

この想いを恋というのかは、まだわからない。ただ、どうしても、キミの隣にいるのはボクがいい。

「ボクは仮の彼氏《かれし》だけど……偽物《にせもの》だけど……。それでも、キミに本物の彼氏ができるのが、嫌なんだ……」

口にした瞬間、全身がかぁっと熱くなった。語尾《ごび》がどうしても上擦《うわず》ってしまう。

でも、わがままかもしれないけど、伝えておかなければ絶対後悔《こうかい》する。

ただただ、その一心だった。』

正市、このときそんな……。

わたしが先走って、心配して、不安になっている横で。正市は正市のペースで、進んできてくれてたんだ。

急《せ》かしちゃってたかもしれないけど、ちゃんとついてきてくれていた。

あー……、なんか少し泣いちゃいそう。

『名北《めいほく》カップルグランプリなるものが、学園祭で開催《かいさい》されるらしい。

その詳細《しょうさい》を知ったとき、ボクはすぐに参加を決意していた。

校内全体にボクたちがカップルであると宣言するチャンスであると同時に、奴にボクとキミがお似合いだと見せつけることもできる。

放課後の帰り道、キミはノリノリで参加の意向を示してくれた。なんだかキミとなら、本当に優勝できてしまう気さえして不思議だった。

と同時に、少しだけ考える。

もし優勝して、周りから校内一番のカップルだと認められたとき、偽物の二人の間では何か変わっていたりするのだろうか。』


そうそう、そうだった。

むしろノリノリなのは正市の方で、最初絶対渋《しぶ》るだろなぁと思ってたから意外だったのだ。

でも参加の理由を訊《き》けば、それはほぼわたしのためで、今考えても感謝しかない。

『看板作りに使う段ボールを集めに出た際、奴と遭遇《そうぐう》した。最初は普通に話していたものの、とある事件をきっかけに、少し言い合いになってしまった。

「キミからは、本当の好きを感じられない——彼女《かのじょ》のことを想う様子が全く見られない」

「その本当の好きとやら、お前は知ってるのか？」

ムキになってそう言い返しながらも、奴がいなくなったあと、ボクはその場で一人空を見上げて立ち尽《つ》くしてしまった。

ボクはキミの隣《となり》にいたいと思っているけれど、本当の彼氏ではない。その想いが『好き』かどうか、今はわからないと自覚していて——ならば『好き』を感じられないと言われたことにも納得《なっとく》できないとおかしい。

だとしたら、このボクの胸にある想いはなんなんだ？

わからないなら、なぜ自分の中にある謎《なぞ》の想いに向き合わない？　なぜ蓋《ふた》をして放置している——？』


正市と春日部くんが……？

話をしたとは聞いてたけど、何やら事件があったようだ。知らなかった。

そしてそれをきっかけに、物語は急展開を見せ始める。


『キミの友達と話をして、カップルになるとは何か、考えさせられた。

要するに、今がとても楽しくて、平和で、幸せなのだ。

幼馴染は、ずっと幼馴染。

反対に、カップルになれば最終的にハッピーエンドかバッドエンドの二択《たく》に辿《たど》り着く。

終わりがあるのだ。しかも、高校生時代のカップルは、バッドエンドの可能性が高いらしい。

最初は、今の楽しい毎日が、どう変わっていくか心配なだけだった。現状維持《いじ》がやはり居心地よくて、ボクは初めての不安から目を逸《そ》らしてぬくぬくとした生活を選んでいた。

バッドエンドの可能性があるのなら、このままの方がいいだろう。

しかし、いざ、つき合うということと向き合ってみると、そこにはやはり憧《あこが》れもあって、現状維持は違う気がして……。

できるなら、ボクはキミとハッピーエンドを目指したい。

ボクたちがカップルになったら、いったいどんなふうになっていくんだろう……。』

あー。たくさん、悩んでくれてたんだ。

や、知ってたけど。でも改めて、正市もわたしたち二人のことを、いっぱいいっぱい考えてくれていた。

確かこのあと、後夜祭で二人になったとき、正市に質問されたのだ。『もし、俺たちが本物の恋人同士になったらどうなるんだろう』って。

わたしはその点は心配してなかったから、すぐにわたしたちの関係について伝えたんだ。

『「わたしたちの場合はね、幼馴染からカップルになるんじゃなくて、幼馴染のカップルになるの。――だから、心配はいらないよ?」

そうキミに言われて、目から鱗《うろこ》だった。

キミの口からそれを聞けて、脳内にかかっていた霧《きり》がすっと晴れていった。

教室に移動して、ボクはキミを抱き締めた。

想いはもう固まっていた。道が明るく開けた気分だった。

そして、思わず気持ちが漏《も》れ出てしまった。

「――好きだ」

キミがはっと目を見開いたのがわかった。振り向いたキミの、潤《うる》んだようにしっとりと光る瞳《ひとみ》を、ボクはじっと眺《なが》めていた。』


あのときの正市の声が耳に蘇《よみがえ》ってきて、ぞくりとした。

やば、ほんとにじーんとくる……。

小説はあと残り一ページというところ。わたしが少し手を止めていたところ、ガチャリと部屋の扉《とびら》が開き、正市が顔を覗《のぞ》かせた。

＊

十色が小説を読み終わる、少し手前で部屋に戻《もど》りたい。

そんなことを考えつつ、俺は一階のキッチンでケーキとお茶を準備していた。

あんまり早く部屋に入り、十色の読書を邪魔《じゃま》したくない。けれど、ラストシーンのとある仕掛《しか》けに十色が気づく瞬間は、絶対に見逃《みのが》せない。

結局、むずむずしてしまい、準備が終わり次第《しだい》すぐにお盆《ぼん》を持って階段に向かってしまったのだが。

そして部屋の扉を開けると――十色が涙《なみだ》ぐんでいた。

「ど、どうした？」

「ま、正市～。これ、感動するんだけど」

ぐすんと鼻を鳴らす十色。

おお……そこまで感極《かんきわ》まってもらえたら本望《ほんもう》だ。

ケーキのお皿とお茶のマグカップが載《の》ったお盆をそのままローテーブルに置いて、俺は十色が手に持つ本にちらりと視線を飛ばす。

読んでいたのは、後夜祭のシーンが終わったところのようだった。

ラストが近い。

「隣、座《すわ》っていいか？」

「うん」

十色が頷《うなず》いてくれ、俺は彼女の横に腰《こし》を下ろす。すると、十色が尻《しり》をもぞもぞずらして、俺の肩にぴとっとくっついてきた。

「ねね、この本知ってる？　こんな表紙。めちゃめちゃ面白《おもしろ》いんだよ？　もうすぐクライマックスなんだけどー」

「へぇ、面白いのかー。てか、作者の名前よく知ってるなー。ペンネームじゃないのかー。

……うん、俺だな」

「あははは」

笑いながら、十色は本のページを開き直す。俺も横から、それを覗きこんだ。

『後夜祭のとき、幼馴染でも恋人同士になれると知り、ボクは本当に安心した。

そして、キミのことが心から好きだと理解した。

あの日、キミの「もういっそつき合っちゃう？」のセリフから、自分たちの間で何かが動き始めた。キミとやった数々の恋人《こいびと》ムーブ。いつの間にか、キミを女の子として見ることが増えていった。キミのいろいろな一面を見て、ドキドキするようになっていった。

仮初の恋人をやったからこそ、気づけた想《おも》いがあったのだ。』


目で文字を追いながら、十色がさらに俺にぎゅっと身を寄せてくる。


『また、恋人同士として時間をすごす中で、二人で楽しく遊ぶ時間の大切さも改めて感じた。デート先でのゲームセンター。校外学習の限られた時間で遊んだゲーム。放課後はほとんど毎日カップルとして二人で帰路を歩み、部屋に帰ってからは幼馴染としてたくさん遊んだ。

一緒《いっしょ》にラノベを買いにいったり、休みの日はお菓子やジュースを買って本腰《ほんごし》を入れて部屋に籠《こ》もったり、学校でもひそひそ、ゲームの話をしたり。

ボクのオタクっぽい趣味《しゅみ》に、キミが興味を示し、夢中になってくれることが本当に嬉しい。昔はそれで、自分が認められ、救われた気分になったのだ。その日から、毎日が楽しくて仕方なかった。

クリスマス前、ボクが忙《いそが》しくしている間にも、キミがボクの部屋にきてくれて……。やっぱり二人でオタク活動をしている時間が一番幸せだと確信した。

もしただの幼馴染のままだったら、この時間を当たり前に、ともすれば惰性《だせい》ですごしていただけだったかもしれない。

――ボクのやりたいこと、頑張ってみようと思えることが見つかった。』

そう。そこから俺は、クリスマスの準備を始めたのだ。

この小説を、書き始めた。

『そして、恋人とすごす初めてのクリスマスがやってくる。』

小説の内容が、今日に差しかかった。

『ボクはキミを精いっぱい楽しませると誓《ちか》って、家を出る。隣街の港にあるデートスポットへ。

人がたくさんいて、キミは疲れてしまうかもしれない。晩ご飯、そのあとの休憩《きゅうけい》スポット、ボクがしっかりエスコートしなければ。

街はイルミネーションに輝《かがや》いているはず。その光にうっとりするキミの横顔に、ボクは見惚《みと》れてしまうはず。

きっと、ボクたちはボクたちなりのデートを楽しむはず。

幼馴染同士の心地《ここち》よさに、恋人同士の胸の高鳴りを織り交ぜて。


だけど、今日はクリスマス。

一年に一度の特別な日。

一生に一度の、恋人同士ですごす初めてのクリスマス。


ボクは誓ったんだ。精いっぱいキミを楽しませると。

この先ずっと、キミを喜ばせると。

今日、これだけじゃ終われない。』


数行開けて、最後の一文で物語が締《し》め括《くく》られる。

『だからボクは、大きくなったキミのためのサンタクロースになって、とっておきのプレゼントを枕《まくら》もとに隠《かく》したのだった――。』


「えっ、えっ――」

十色ががばっと顔を上げ、俺を見てくる。俺はなんでもないふうに一つ頷いた。

次に十色は、よく横になって漫画を読んだりうたた寝《ね》したりしている俺のベッドを振《ふ》り返る。

ゆっくりと腰を上げ、枕もとに近づき、その枕を動かしてみる――。

「あっ」

プレゼント用に包装紙と白いリボンでラッピングされた、片手に載るサイズの小さな箱が現れた。

俺が事前に用意し、そこに忍《しの》ばせておいたものだ。

「開けていいの……？」

「ああ」

まゆ子が、クリスマスプレゼントにはアクセサリーがおすすめだと言っていた。それから、カップルらしいものがいいとも。

恋人だからこそ渡《わた》せる、アクセサリー。それを考えて、用意をした。

タイプだ。

「これ……」

箱の中から、プレゼントの入った赤色のケースが出てくる。前からパカリと開けられる
「見ていいぞ」

俺が言うと、十色がこくんと頷き、蓋を開く。

「わぁ……。え、やばい……。指輪?」

そこに入っていたのは、シルバーの指輪だった。センターに留《と》まる一粒《つぶ》のダイヤが、天《てん》井《じょう》からの灯《あか》りでキラリと瞬《またた》く。

「綺麗……」

十色はじっとその光を見つめている。顔の角度を変えながら、石の中を覗きこむ。

「ど、どうだ? カップルだからこそ渡せるプレゼントってなんだろうと考えたら、これかなーと」

「嬉《うれ》しい! めちゃめちゃ嬉しい! てかてか、頑張りすぎだよ。大丈夫? 高校生でここまで本格的な指輪って中々聞かないよ」

「そ、そうなのか?」

「うん」

頷きながら、十色はまだまじまじと指輪を見つめている。

「だってこれダイヤだよね？　ジュエリーじゃん。大人だ！」

「ああ。気に入りそうか？」

「うん！　すっごい可愛《かわい》いし、綺麗！　センスばっちり！」

「よかった」

俺はほっと胸を撫《な》で下ろす。いや、まだこのあともっと大切なことがあるのだが。それでも一旦《いったん》、安心してしまう。

この指輪のチョイスには、一人の女子の助けがあった。

俺が指輪を買いに百貨店へ足を運んだとき、偶然中曽根《ぐうぜんなかそね》と遭遇した。少し話したあと、こちらが指輪を買いにきたことを知った彼女が、アドバイスをくれたのだ。

『予算が少ないなら、あんまり有名ブランドにこだわらない方がいいね。ほしいものには手が出せなくて、お店の中でも安い部類の見た目がしょぼい感じのやつしか買えなくなる。それよりは、しっかり天然のダイヤにこだわった方がいいよ。ブランド名より、物の質で選べば、将来も堂々とつけられる』

『ふむふむ。でも、本物のダイヤなんてこの予算で買えるのか？』

『大きさによるね。ウチ、お母さんがジュエリーショップで働いてて、よく話聞いたりするんだけど。そういう場合は小さめの石を選びつつ、リングを細めにして石の存在感を上げていくんだって。あと、クリスマス近いから、リングに刻印入れてもらうなら、納期を注意しないと。最悪間に合わなかったら、プレゼントで渡してから、一緒に刻印入れてもらいにお店に持って行くってパターンもやってくれるはず』

『ほんとに詳《くわ》しいな。なるほど……』

煌《きら》びやかなフロアに圧倒《あっとう》され、場違《ばちが》い感に委縮していたときに、とても助かった。彼女におすすめのお店をいくつか教えてもらい、そこで無事購入することができた。

「本当に、気に入ってもらえてよかった。確かに、指輪はちょっと大袈裟《おおげさ》すぎるかもとは思ったんだ」

「そうなの？　でもなんで……」

「それはだな……。ここで一旦はっきりと想いを示しておきたいと思って。ずっと腐れ縁《くされえん》を続けてきた俺《おれ》たちだからこそ、大袈裟なくらいがちょうどいいかな、と」

「うぉ……。やばい、ドキッとしたよ」

「正直だな」

俺は思わず笑ってしまう。

しかしながら、そういった反応をしてもらえるのは嬉しい。言った俺の方も、そのプレゼントを十色が開ける瞬間《しゅんかん》、ドキッと、ぶわっと全身に鳥肌《とりはだ》が立つような感覚を覚えていた。

「あー、サプライズがすぎるよー」

十色が語尾を伸《の》ばして言う。続けて、

「なんだよもー。泣けてきちゃったじゃん」

笑いながら、そう口にした。目には確かに光るものが浮《う》かんでいる。

「なんの涙だ？」

「嬉し泣き……？　あとなんか、指輪見てたら、あまりのキラキラに目が潤んでくる」

えへへと笑い、十色は丸めた人さし指で目元を拭《ぬぐ》った。

「この小説もすごい！　こんなのよく書けたね」

「どうだった？　面白かったか？」

「うん！　夢中で読んじゃった！」

「そうか。……その、十色の喜ぶ顔が見たかったんだ」

俺の原動力は、全てそこにあった。

十色が楽しんだり、喜んだりする顔が見たい。

オタクを辞《や》めようか迷ったとき――十色が部屋にきて俺の趣味にハマってくれたときから。俺は十色の楽しむ姿を想像しながらゲームを買い、新しい漫画をリサーチし、読み終わったら貸す予定の小説のページをわくわくしながらめくっていた。

これからも――恋人同士になっても、それを続けていきたい。

ずっと彼女に、面白さを提供できる存在になりたい。

「十色をさ、毎日楽しませて生きていきたい。それを目標に、俺はエンタメを作る仕事に就《つ》きたいなと思ったんだ。趣味でもあるしな。ゲームクリエイターとか、ライターとか。絵は描《か》けないから漫画は難しいけど……。とにかく、目標ができて目の前がぱっと開けた気分だった。それで、そのために何か努力していかなければって考えたとき、まず小説を書こうと思ったんだ」

これが、第一作。

こうして未来へ一歩を踏《ふ》み出せたのも、彼女と恋人同士になれたからである。

俺は十色の持つケースから、指輪を指でそっとつまむ。それから、十色と向かい合った。

じっとその顔を見つめると、彼女は一瞬《いっしゅん》瞳《ひとみ》を大きくし、姿勢を正す。


こくっと唾《つば》を飲む。

想いは全て小説に詰《つ》めこんだ。

だから、短く伝える。

「十色、好きだ」

「うん……」

「——だから、俺とつき合ってほしい」

口許《くちもと》が、そっと綻《ほころ》ぶ。

白い頬に、ほんのり温かい色が差していた。

「うん、はい、よろこんで！」

華々《はなばな》しい大輪の笑顔《えがお》を咲《さ》かせ、彼女は大きく頷いてくれる。

全身がかあっと熱を持った。

俺が手を取ると、十色は指を開いてくれる。俺はその薬指に、ゆっくりと指輪をはめた。

「わぁ——」

指輪をした手を、前にかざしてみる十色。瞳の中にダイヤの輝きが散り、俺はその光に見惚れてしまう。

「あっ、一応おそろいなんだ」

思い出して、俺は立ち上がり、勉強机の引き出しの中からもう一つのケースを取り出す。中には石のついていない、シンプルなシルバーリングが。

「わたしつけてあげる！」

言って、近づいてきた十色が指輪をつまむ。

俺の指にそっと触《ふ》れ、俺がしたのと同じように指輪をはめてくれた。ふふっと微笑《ほほえ》む。

「ありがとう、正市」

「いや、こっちこそ、待っててくれてありがとう」

「もちろん待つよ。全然待つ。いつまでも、待ってたよ」

俺は十色の背中に腕《うで》を回し、優《やさ》しく抱《だ》き寄せる。すんなり抵抗《ていこう》なく、すっぽりと彼女が胸に収まった。

ぎゅっと抱き締めたあと、少しだけ力を緩《ゆる》めて彼女の表情を覗く。

「十色……」

「……うん」

このムードがそれをわからせるのか、それとも長年寄《よ》り添《そ》った相手だからこそ感じ取ることができたのか。

どちらにせよ、それ以上の言葉はいらなかった。

俺は目蓋《まぶた》を閉じ、彼女の唇《くちびる》に自分の口を近づける。

「わたしも好きだよ、正市」

最後にそんな囁《ささや》き声が、耳に届いた。

十色と初めて、キスをした。

間接キスや、ほっぺたにチューではない、正真正銘《しょうしんしょうめい》のやつだ。

歯がこつっと当たったけど、多分慣れてないから仕方ないよな。次の瞬間には唇の柔《やわ》らかいクッションに包まれて、ふんわりと甘《あま》い香りがした。

まだケーキ、食べてないんだけどな、などと考えながら唇を離《はな》す。するとそれを追いかけるように、十色が追加でちゅっと短いキスをしてきた。

「えへへ」

恥《は》ずかしそうに微笑む彼女。

「どうだった？　熱烈《ねつれつ》なキッスは。ボクの唇に熱を落とした？」

「おいそれ小説のやつ。そこいじってくんのか」

「あははは」

十色はおかしそうに笑ってから、小首を傾《かし》げて俺を見てくる。

「で、未熟な正市は、見当ついた？　……これが、ラブか、ライクか」

ああ……。それを迷っていたのは、まだ仮初の恋人同士になりたての頃《ころ》だ。

もちろん、今ではもう確信している。

「大好きだ」

なぜだろう。初めての感触《かんしょく》だったはずなのに、もう名残惜《なごりお》しくなっている。

随分《ずいぶん》待ち焦《こ》がれたからだろうか。

考えながら、再びキスをする。

十色も、同じ気持ちだったら嬉しいな……。

顔同士を近づけたまま恐るおそる目を開けると、十色もこちらを見ていたらしく、至近距離《きより》で目が合った。

思わず二人でくすくすと笑う。


「指輪、学校にもつけていこっかな」

「それは怒《おこ》られるだろ」

「上から絆創膏貼《ばんそうこうは》ればバレないって聞いたことあるよ」

「そこまでしなくても」

「ふふふっ。そだね。大事にしなきゃだしね」


クリスマスイブの夜が、もうすぐ終わる。明日はまた、学校だ。

この時間がずっと続いてほしい。そう思うと同時に、明日からの何気ない日常が、なんだか無性《むしょう》に楽しみに感じるのだった。

〈10〉 伝説、再び――

晴れやかな朝だった。

カーテンの開いた窓から差しこむ朝陽もそうだけど、気分もなんだか澄《す》み渡るようで、脳内がとてもクリアな感じ。わたしにしては珍《めずら》しく自然と目が覚めて、すんなりと早起きができてしまった。

何これ、彼氏効果？

こんなにＱＯＬ爆上がりするものなのか……。

わたしは思わず「へへっ」と一人でにやけてしまう。

人生初めての彼氏。

相手は昔からずっと仲のいい幼馴染《おさななじみ》の正市《まさいち》だけど、気持ちは思っていたよりもずっと新《しん》鮮《せん》だ。

学校に行って、早く彼《かれ》の顔を見たい。

わたしはうきうきしながら、登校の支《し》度《たく》を始めた。

☆

「なぜだ……」

八時二五分、わたしはダッシュで校門をくぐっていた。

おかしい。朝起きたときは余裕《よゆう》があったはずなのに。

ちょっといつもより時間があったら逆にゆっくりしてしまうのはなぜなのか。のんびりテレビを眺めながら朝ご飯をおかわりしてしまった。

あと、いつもよりメイクと髪型《かみがた》にも時間をかけてしまった。変に気合いが入りすぎないようにしたつもりなんだけど……どうだろ。

へろへろと階段をのぼっていく。四階きつい……。なんとか教室のそばまで辿り着くと、前髪《まえがみ》を何度か手で押《お》さえおさえして、それから恐るおそる扉をくぐった。

「あっ、といろーん、遅《おそ》いぞー」

まず視界に入ったのは、ぴょこぴょこ弾《はず》みながらこちらに近づいてくるツインテールだった。

「ごめんごめん、家出るの遅くなっちゃって」

言いながら、わたしは抱き着いてくるまゆちゃんを受け止める。

「お、十色《といろ》おはよ。また寝坊《ねぼう》？　まぁ、でもそりゃそうか。昨日、クリスマスイブだったしね。夜遅《よるおそ》くなっちゃっても仕方ないしかたない。あ、まさか朝までコース？」

今度は後ろからそんな声が聞こえ、振り返ると、お手洗いに行っていたらしい楓《かえで》ちゃんが立っていた。綺麗《きれい》に畳《たた》まれたミニタオルを手に持っている。

「何が仕方ないのかわからないけど、寝坊じゃないよ！」

昨日は確かに、夜遅くまではしゃいじゃったけど。ただ、楓ちゃんがにやにや想像しているようなことはもちろんなかった。だってまだ、つき合いたてほやほやだし。

「もう授業始まるぞ！　いっぱい喋《しゃべ》りたいことあったのにー」とまゆちゃん。

「えー、ごめんごめん、聞きたかった！」

わたしがまゆちゃんに手を合わせて謝《あやま》っていると、その後ろにうららちゃんがやってくる。

「まぁ、あとでゆっくりの方がいいんじゃない？　朝、バタバタしながら話してもわちゃわちゃするだけだし。みんなの話、聞きたいし」

うららちゃんはそう言って、わたしの方に目配せしてくる。

その通りだ。まゆちゃんの話はもちろん、うららちゃんがプレゼント渡せたのかも気になるし、楓ちゃんがどんなデートしたのかも興味ある。

「今日の美術の授業さ、先生休みで自習らしいよ。なんか好きに絵を描くだけみたい。一時間目が美術で美術室に向かってた友達から教えてもらった」

楓ちゃんがそんな情報を提供してくれ、まゆちゃんが「マジっ？　最高！」と目を輝かせる。

「いいじゃん。そこで話そうか」

と、うららちゃんが言ったところで、授業の始まりを告げるチャイムが鳴り響《ひび》いた。

やばいやばい、早く席に着かねば。

わたしは自分の席に向かおうとして、ぱっと教室の方に目を向ける。

——あっ……。

すでに教室後方の席に着いていた正市と、ばっちり目があった。

向こうも「おっ」という顔をして、一瞬《いっしゅん》目を逸らそうとするけど、やっぱりそれは変だと思ったのか、軽く会釈《えしゃく》をしてくる。見てたのがバレて気まずかったのか、若干《じゃっかん》顔が赤い。

わたしもそれに合わせて軽く会釈をする。

なんだこれなんだこれ。なんかどぎまぎする。普段《ふだん》こういうときどうしてたっけ。

同じ教室に彼氏（本物）がいるって、こんな感じなのか？

……なんかドキドキするし、面白い。

わたしは少し悪戯《いたずら》心が湧《わ》いてきて、進路を変えて正市の席の方へ。机の間の通路を進んでいくと、正市が驚《おどろ》いたように目を大きくした。

「おはよっ！」

「お、おお」

「ねね、今日、一緒に帰ろ？」

「お、おおおう」

わたしは微笑みを残して、自分の席へと歩きだす。ちょっぴり恥ずかしいのと、なんだか嬉しいのが混ざった気分だ。

周りからの視線を感じる。ただ、わたしたちのこれまでとの違《ちが》いに気づける子はいるのだろうか。

昨日から本当のカップルになりましたなんて、ほんとはバレたらダメなんだけど……。

でもこの胸の高鳴りを誰《だれ》かに気づかれたいな、なんて少しだけ思ったりもしていた。

＊

「それでねそれでね、そのライブのあと、無事プレゼント渡せて、めちゃめちゃ喜んでもらえたんだって！」

「ほぉ。よかったじゃないか」

「うん！　ほんとに！　正市にもお礼言っといてって、うららちゃんが」

「あー。クラブの控室《ひかえしつ》まで凸《とつ》りに行ったからなー」

放課後、俺は約束通り十色と一緒に教室を出た。真《ま》っ直《す》ぐ俺の部屋に向かうのかと思いきや、廊下《ろうか》を歩く途中《とちゅう》で十色が、『ちょっとさ、学校で喋ってから帰らない？』と言いだした。

『学校で？』

『うん。なんかさ、青春っぽくない？　たまにはありじゃないかなーって』

『なるほど。もう冬休みも始まって、ちょっと間《ま》学校これなくなるしな』

『ほんとそれ！　あと二日だよね。なんだかんだ寂《さび》しいなー』

ということで、俺はぶらぶら校内を歩きながら、馴染《なじ》みのメンバーたちのクリスマスの話を聞いていた。

「猿賀谷《さるがや》とまゆ子の話は聞いたか？」

「それ！　や、びっくりだよね！　いっぱい話したくてあえて最後にしようと思ったんだけど」

「つき合い始めたんだよな？」

「うん！　そうだよ！　めちゃめちゃ嬉しい。わたしたちとつき合い始めた日一緒！　まゆちゃんたちには言えないけど。またダブルデートしたいね！」

詳しい話は猿賀谷からも教えてもらっていた。授業の合間の休み時間に、人気のない廊下の隅《すみ》に呼び出され、聞かされていたのだ。

『クリスマスデートは最高に楽しかった。もっともっとまゆ子ちゃんと一緒にすごしたかった。だからなぁ、オレの方から誘《さそ》ったんだ。時間が許すなら、まゆ子ちゃんの好きな漫《まん》画《が》喫《きっ》茶《さ》に寄って帰らねぇかって。事件はそこで起こった』

窓《まど》枠《わく》に手をかけて外を見ながら、猿賀谷が話す。

『事件？』

そのときは、急に不《ふ》穏《おん》な空気が漂《ただよ》ったと思ったものだ。

『ああ。この前みたいに、個室に案内されたんだ。一日荷物を置いて、漫画《まんが》を取りに行って。まゆ子ちゃんがお手洗いに行くって言うんで、オレは先に部屋に戻った。今思えば、そのときから様子がおかしかったんだなぁ。なんだかそわそわしてた』

『ほぉ』

俺は小さく相槌《あいづち》を打つ。

『そんで部屋で待ってたら、まゆ子ちゃんが戻ってきた。部屋に入って、コートを脱《ぬ》ぐだろ？　そしたら——なんと、その下がめちゃめちゃ薄着《うすぎ》のキャミソールだった。なんかもういろいろ見えてしまうレベルでなぁ。何事!?　ってなったわけだ』

確かにそれは戸惑《とまど》うだろう。そしてパニックになった猿賀谷の前で、まゆ子はこう言ったらしい。

『さ、猿賀谷くん。く、く、くっ、クリスマスのプレゼントは、あ、あ、あ、あたしです！』

「詳細《しょうさい》聞いたときはびっくりしたぞ」

猿賀谷との会話を思い出しながら俺が言うと、

「あ、正市も全部知ってるんだ」

と十色が少しだけ驚いたように言う。

「ああ。まゆ子が猿賀谷に、俺にだけは話していいって言ったらしくてな。中曽根《なかそね》たちにも根掘《ねほ》り葉掘《はほ》り聞かれるだろうから、どうせなら先にネタとして話しておいてくれって」

「あははは、そういうことかー。まゆちゃん、プレゼント選びに最後まで悩《なや》んで、悩んでなやんでなやみすぎて、猿賀谷くんが喜ぶのはこれだっ！　って変な方向に突《つ》っ走っちゃって。自分でも混乱してわけわかんなくなってたって言ってた」

「あー、それで……。でもまぁ、それがいい結果に繋《つな》がったわけだから……」

「結果オーライってやつだ！」

まゆ子の決死の覚悟《かくご》のプレゼントに対し、猿賀谷は自我《じが》を保つのに必死だったらしい。なんとか目と意識を横に逸《そ》らしながら、まゆ子にブランケットを手渡《てわた》した。

そして、『こういうのはちゃんとつき合ってから、ゆっくりでいいんだよ』と声をかけたらしい。

『つ、つ、つき合って……？』

『ああ。お、オレから言わせてくれ。まゆ子ちゃん。いつも元気で明るく、周りを、オレを笑顔にしてくれるキミに惚《ほ》れました。こんなオレを大切に思ってくれていることも、とてもありがたいです。よかったら、つき合ってください！』

『――――は、はい。よろしくお願いします！』

そうしてまゆ子が深く頭を下げ、カップルが成立したのだとか。いろいろとミラクルのように見えるが、猿賀谷に訊《き》けば、実は彼も想いを固め、元々告白をするチャンスを窺《うかが》っていたらしい。その日、二人は結ばれるべくして結ばれたのだろう。

あと、先程《さきほど》の十色の話によれば、中曽根の方もいいクリスマスをすごしたようで――。

「そういえば、船見《ふなみ》たちのことは何か聞いたか？」

ふと気になって、俺は訊《たず》ねる。

「うん！　イルミネーション見に行って、なんかラブラブな夜をすごしたみたい。すごい幸せだったって。あそこはねー、もう熟練のカップルさんだから」

「それは中々……」

おかしいな、俺たちとつき合い始めた時期一か月も変わらないはずなのに。

まぁ、向こうにはむこうの事情があったことはわかっているが。

「あとねー、わたしもいろいろ聞かれたよ」

そう十色が俺の方を向き、にんまりしながら言ってくる。

そりゃそうだろう。クリスマスイブがどうだったか、他のみんなが話す中、十色だけ見《み》逃《のが》されるはずもない。

「なんて話したんだ？」

「んーとねー、素敵《すてき》な小説をもらったことは、内緒《ないしょ》にしてる。あれはわたしだけの宝もの」

「お、おお。それはなんというか、助かる」

小説を書いていることを知られると、まだなんとなく恥ずかしい。誰かに書いたものを見せてほしいなんて言われても困るし。

「でもねー、『十色はプレゼント何もらったのー』なんて、うららちゃんがなんかにやにや笑いながら聞いてくるの」

あいつ……。

準備を少し手伝ってくれた中曽根は、俺がプレゼントで何をあげたか知っている。その上で、面白《おもしろ》がって十色に訊いたみたいだ。

「でね、指輪もらったことは、みんなに話した」

「おう。……どうだった？」

俺はなんだか緊張《きんちょう》しながら訊ねる。

「みんなすごい羨《うらや》ましがってくれた。いいなーって。まゆちゃんなんて目をキラキラさせて。さすがベテランカップル！　なんて言って」

セリフの最後、十色はふふっと笑《え》みを漏《も》らす。

「よかった。大袈裟だって引かれなくて」

「全然ぜんぜん。高校生で本格的な指輪はあんまし聞かないって言っちゃったけど、だからこそみんな憧《あこが》れって感じだった。ほんとに、嬉しかった」

達成感？　高揚《こうよう》感？　無性にむず痒《がゆ》い気分になりながら、俺は頷《うなず》く。

対外的にも成功のプレゼントを渡せたみたいで、ほっとする。あと、十色がここまで喜んでくれて、本当によかった。

彼女《かのじょ》が喜んでくれたなら、俺も嬉しいのだ。

「そういえばさ、ちょっと気になったんだけど」

十色がそう続けてきて、俺は「ん？」と首を傾《かたむ》けた。

「もらった指輪のサイズ、指にちょうどぴったりだった。あれってどうやったの」

ああ、そのことか。別に隠しているわけでもないので、種明かししておくことにする。

「あれは……星里奈《せりな》に確認《かくにん》してもらったんだ」

「せーちゃんに？　いつの間に⁉」

「なんか、十色が料理してる間に確かめたって言ってたな。これは絶対確実だから信用して頼《たの》んでこいって」

「あ、あー、あのときか！　わたしが包丁使ってたときだ！　まさかあんなときから伏線《ふくせん》が？　騙《だま》されたー」

どうやら思い当たる出来事があったらしい。

「別に騙してはないんだが」

俺が言うと、十色は楽しげに笑う。

「いろいろたくさん考えてくれたんだね。ほんとに、ありがと」

＊

特別教室が多くある北校舎をぶらぶらした俺たちは、昇降口《しょうこうぐち》に下りて外に出た。

「どうする？」

俺が訊ねると、マフラーを巻いていた十色が「んー」と声を伸ばす。

「正市がよければ、もうちょっと徘徊《はいかい》したいかも」

「徘徊って。まぁ、俺の方は問題ないぞ」

むしろ、まだもう少し、この時間をすごしたい気分になっていた。校内のこの雰囲気《ふんいき》を——十色の言う青春の空気を、もう少し味わっていたい。

昇降口から左手に進み、短いスロープを下ると、グラウンド沿いの通路に差しかかる。

野球部がバットでボールを打つ快音。テニス部がランニングをする掛《か》け声。遠くからは吹奏楽部《すいそうがく》がパート別練習をする音が流れてくる。

夕陽《ゆうひ》に淡《あわ》く照らされたグラウンドでは、陸上部の男子がトラックを走り抜《ぬ》け、その向こうでハンドボール部の面々がパスの練習をしている。左手ではサッカー部が集合して顧問《こもん》の話を聞いていた。「『はい』」の太い声が綺麗に揃《そろ》っている。

放課後あまり学校に残ることがなく、俺にとってはとても新鮮な光景だった。同級生たちがみな、校内のどこかで自分のすべきことを頑張《がんば》っているのがわかる。

寒いのに熱心だ。本人たちは熱いのか。

夢中になれることがあるってのはいいことだと、今はつくづく思う。

「……そういえば進路希望だけど、俺、文系クラスにしようかな」

のんびり歩きながら、俺はそう口にした。

十色は「ほぉ」と声を漏らし、こちらを振り向いてくる。

軽く見上げるような角度。もう慣れた目線だけど、本物のカップルになった今、この身長差一〇センチが本当にベストなのではないかと思う。

「正市、こだわりない派だったよね。あ、でも、正市のやりたいこと考えたら、やっぱし文系か」

「ああ、そういうことだ。理系の知識も、将来創作なんかにいろいろ役立つんだろうけど、その分勉強に時間を取られそうで。大学に行って何か研究したいわけでもないし、今は俺のやりたいことに集中したいから」

「そっか。なるほど。いいと思う」

十色は頷き、それから続ける。

「わたしは理系にしよっかなー」

はっとして、俺は足を止めてしまった。それが身勝手な驚きだと自覚しながらも、恐るおそる訊ねる。

「……何か、具体的な進路――目標が決まったのか？」

一歩先に進んだ十色が立ち止まって振《ふ》り返り、「そうだねぇ」と声を伸ばした。

「具体的って言われたら、一応、栄養士とか目指してみよっかなーって」

「栄養士？」

それは十色の口から初めて聞く単語だった。

「そう。正市にずっと健康でいてもらうため、専属の栄養士。どう？　彼女らしい？　彼女特化型の進路選択《せんたく》でしょ」

「う、嬉しいが、将来をそれで決めてしまうのは……」

俺が動揺《どうよう》していると、十色はうははと笑う。

「なんてね、半分冗談《じょうだん》。もともとねー、漠然《ばくぜん》と興味があったんだ。小さい頃、身体がそれほど丈夫《じょうぶ》じゃなかったわたしに、お母さんが本とかでいっぱい勉強して栄養のあるご飯作ってくれてたの。それ見ててさ、わたしも誰かのために、例えば小児科《しょうにか》なんかで栄養指導の先生とかできたらなーって」

「おお！　それはなんというか、すごいな……」

想像していたよりもはるかに、具体的な話だった。俺が漠然と思《おも》い描いている夢よりも、現実的というか、地に足がついている気がする。十色がそんなことを考えていたなんて、と感心してしまう。

「あとは、正市にずっと健康でいてもらうため」

「それはそれでありがたいが……」

「あははは」

「てか、初耳なんだが」

「あー、これまではなんとなくいいかなーって考えてたくらいだったからさ。でも、正市がなりたいもの目指して頑張るって決めたの見てたら、わたしも何か目指してやってみたいなーって思うようになって、それで」

「なるほど……」

俺を見て、十色も進路を見つめるように……。自分が春日部《かすかべ》の努力が報《むく》われる瞬間を見て、何か頑張ろうと決めたことを思い出す。同じように、自分も誰かに影響《えいきょう》を与《あた》えられたのだとしたら、なんだか嬉《うれ》しい。

「それでね、進路的には、文系でも理系でも受験は大丈夫《だいじょうぶ》みたいなんだけど。でも、大学でやる勉強とか研究とか調べてると、やっぱし生物とか化学の基礎《きそ》ができてた方がいいみたいだから」

「そうか。じゃあ、理系だな」

「うん！　……クラス、別々になっちゃうけど」

「まぁ、放課後はどうせ一緒《いっしょ》だろ？」

「それは約束！」

十色がぱぁっと顔を輝《かが》やかせる。

「ねね、カップルってさ、適度な距離感保つのがいいんだって。長続きの秘訣《ひけつ》って書いてあった」

再び歩きだしながら、十色がそんなことを言ってくる。

「急にラブラブ、べたべた、常に一緒に行動したり、二人の時間を急激に増やしたりしたら、冷めるのも早いとか」

だからクラス別々はちょうどいい？　と十色。

「あー、ただそれ、俺たちには通用しない理論だな。幼馴染上がりのカップルには。急にも何も、元から一緒にいるのがデフォルトだし」

「確かに。ウチら最強かよ」

言って、十色はくすくす笑う。

そりゃあ、俺的には、二年からも同じ教室になるに越《こ》したことはなかった。

ただ、今更《いまさら》クラスが分かれようが、別に俺たちの仲にはなんの変化もないだろう。一〇年以上一緒にすごす中では、席が隣《となり》になることもあれば、学校自体が別々になったこともあった。

そんな些細《ささい》なことでは、俺たちは一切揺《いっさいゆ》るがない。

少し心配していた時期もあったけれど、二人の関係の強固さを、彼女に教えてもらったのだ。

言葉通り、俺たちは最強のカップル。

その自負が、俺にもある。

＊

校庭の横を通りすぎ、裏門の近くまでやってきていた。フェンスを隔《へだ》てた先は校外で、下校途中の生徒たちがぱらぱらと見られるが、裏門には常に大きな南京錠《なんきんじょう》がかかっておりここから外には出られない。不便なシステムだ。

俺《おれ》はその左手に植わっている、葉を落とした太い木を見上げた。

春、この木を見上げたときは、鬱陶《うっとう》しい前髪を手で払《はら》っていたことをふと思い出す。

俺はそこで足を止めた。

十色が振り返り、不思議そうに首を傾げる。

「十色」

「ん？」

丁度、辺りに通行人はいない。フェンスの向こうには人がいるが、そちらまで聞こえないように声量を調整して──声が震《ふる》えないようにも意識して──。

「──好きだ」

十色が目を丸くするのが、スローモーションに見えた。その大きな瞳《ひとみ》がぱっと瞬《まばた》く。一拍《ぱく》置いて、

「お、おおー、どしたどした？　急に、恋人《こいびと》ムーブ？」

慌《あわ》てたように、そう訊いてくる。

だから逆に、俺はなるべく落ち着いて答えた。

「急か？　恋人同士の愛って、こういうもんじゃないのか？」

本当に、十色と一緒にいると、無性に伝えておきたくなることがあるのだ。なぜだかわからないが、恋人同士だからとしか言いようがない。

それに、今言葉にしたのは、この場所が例の——。

俺がもう一度、頭上に伸《の》びる木の幹をちらりと見上げると、十色が短く「あっ」と声を発した。

気づいたか。ここは名北高校《めいほくこうこう》の伝説のスポットだ。二人が恋人同士であれば、ここでやることがある。

「……十色は？」

こちらから、訊ねてみる。

「——もちろん、大好き！」

言って、十色は歯を見せてにっと笑った。その、綺麗な桜色に染まった頬《ほお》に、俺は思わず見惚《みと》れてしまう。

あの頃は見せつけるようにやっていたのだが、今はこっそり。今一度周りに誰もいないのを確かめて、手を繋ぐ。

そして校舎裏まで移動して――。

俺たちは、キスをした。

あとがき

執筆中は常に眠気との戦いです。朝でも昼でも夜でも、なぜか眠くなるものです。なので、だいたい何かを食べながら、五感の一つを無理やり働かせることで寝ないようにしてパソコンに向かっています。

うまい棒のめんたい味だったり、ハーゲンダッツのベリーベリーチーズタルト味だったり。

うまい棒って一本で完結するし、カロリーも低いしで、夜中に食べても罪悪感抑えめなんですよね。コスパ優秀。

ただ、今日は頑張ったぞって日は、カロリーには目を瞑ってアイスを選ぶことが多いです。

ベリーベリーチーズタルトは夏前くらいから緑のコンビニ限定で発売されていたのですが、もう今年は終わっちゃったんですかね。最近店舗で見かけない気がします……。ストックも切れて辛いです。

ちなみに、執筆が長時間になるときは飴を舐めてます。好きなチュッパチャプスはチェリー味かラムネ味です。チュッパチャプスのチェリー味って、アメリカンチェリー味なんですよね。ちょっとすっぱいのが好きです。

あとまぁ、食べてても寝落ちするときは寝落ちします。だいたい半々くらいの確率です。起きたら首が激痛です。

執筆秘話といえば。

わたしは物語を書き始めるとき、基本的にゴールやラストシーンは決めずに書き始めます。今回の『ねもつき』に関しても同じで、特に終わりはイメージせずにスタート切りました。

日常の中で、主人公とヒロインを自然に、自由に動かして。二人の関係の進展に沿って、ストーリーを描いていこうと。

するとどうでしょう。

今回の二人は想像以上のラブラブで。五巻の間でみるみるうちにいい感じの雰囲気になってしまい……。マジか、と。

（個人的には二年生、三年生、とゆっくりいろんなイベントの中で距離を縮めていくよう

な青春ストーリーにしたかったのですが。でも幸せならOKです、という格言が頭によぎります）

物語的にはひとまずこの巻で一段落、という形になります。

謝辞です。

塩かずのこ様。今回も素晴らしいイラストをありがとうございます。編集様から届くイラストを見ては、執筆を頑張ろうと思う毎日でした。こんな可愛いヒロインのいる物語を書けて幸せです。

担当S様。いつも本当にお世話になっております。さまざまなご指導ご鞭撻のおかげで、無事五巻も出すことができました。一度大阪にもぜひ！

また、『ねもつき』はとなりのヤングジャンプ様にて、コミカライズが連載中です。現在単行本も四巻まで出ています。漫画家の西島黎先生、いつもありがとうございます。ニコニコ漫画でコメントつきで見るのも楽しいです。

最後に読者の皆様。こんな巻末までおつき合いいただきありがとうございます。楽しんでいただけたなら幸いです。ＳＮＳ見てるので、感想呟いてくれたら嬉しいです。どんなお菓子が好きかも教えてください！

また近いうちに別シリーズのラノベを出せたらと思っています。ぜひそちらでもお会いできることを願っています。

叶田　キズ

HJ文庫 https://firecross.jp/
1126

ねぇ、もういっそつき合っちゃう？5

幼馴染の美少女に頼まれて、カモフラ彼氏はじめました

2023年12月1日　初版発行

著者――叶田キズ

発行者―松下大介
発行所―株式会社ホビージャパン

〒151-0053
東京都渋谷区代々木2-15-8
電話　03(5304)7604（編集）
　　　03(5304)9112（営業）

印刷所――大日本印刷株式会社

装丁――coil／株式会社エストール

Printed in Japan

ISBN978-4-7986-3356-5　C0193

ファンレター、作品のご感想お待ちしております

〒151-0053　東京都渋谷区代々木2-15-8
(株)ホビージャパン HJ文庫編集部 気付
叶田キズ 先生／塩かずのこ 先生